悪意

増田忠則

双葉文庫

目次

悪意

マグノリア通り、曇り

娘の理央《りお》が帰ってこない。妻から連絡があった直後だった。机の上の携帯が鳴った。

単に仕事の電話かもしれない。休日に依頼が舞い込むこともある。だが斉木《さいき》は直感した。娘の件に違いない。

「もしもし」

少し間をおいてから、聞き覚えのない声が言った。

「斉木さんですね。斉木仁志《ひとし》さん」

「そうですが――」

「はじめまして。突然の電話をお許しください」

男の声はやや高めで、神経質そうな印象を受けた。青年とも中年ともつかない。

「どちら様ですか」

「名前ですか？　そうですね、問宮《まみや》とでも言っておきましょう。本名を名乗ってもいいんですが」

やはり仕事の電話ではない。斉木は、自分の身辺で異変が起こりつつあるのを感じた。努めて冷静に言う。

「どういうことでしょうか」

「娘さんを預かりました」

言葉を失う。まさか、という気持ちと、やはり、という気持ちがせめぎあう。聞こえなかったと思ったのか、男は繰り返した。

「娘さんを預かりました」

もしかしてイタズラ電話だろうか。行政書士である斉木は、地方法務局のそばに小さな事務所を構えている。看板には事務所の電話番号とウェブサイトのURLが記されており、サイトを見れば、斉木が公開している仕事用の携帯番号を知ることができる。誰が電話してきてもおかしくない。

だが認めざるを得なかった。これはイタズラではない。現に娘は行方がわからなくなっている。日曜なので午前中に友達の家に遊びに行き、昼食の時間にはいったん戻ってくるはずが、一時を過ぎても帰ってこない。心配した妻が友達の家に電話をかけたところ、娘はとっくにそこを出ていた。片づけなくてはならない仕事があり、斉木は休日をおして事務所に出てきていたが、妻から知らせを受け、急いで帰ろうとしているところだった。

「——娘を誘拐したのか」

「ええ」

男はこともなげに答える。斉木の頭に血がのぼった。

「娘をどうするつもりだ」

「別にどうするつもりもありません。ちょっと協力してもらうだけです」

「どこにいる」

「ある場所に監禁しました。絶対に発見されない場所です。私が住所を教えないかぎり」

男は落ち着き払っている。自分の絶対的優位を確信しているようだ。

「何が望みだ」

「身代金ではありません。もう私に金は必要ないですから。ただちょっと、斉木さんとお話ししたいだけです」

「望みを言え」

「だから言ったでしょう。斉木さんとお話ししたいんです」

男の真意がわからず、困惑する。

「これ、イタズラ電話じゃありませんよ。信じていただけると思いますが」

斉木は一ヶ月前の出来事を思い出していた。今回のことと無関係ではないのだろう。

事件が起きたとき、それがもっと大きな事件の予兆でないことを願ったが、悪い予感は的中したらしい。

「あれもおまえがやったのか」

「あれっていうと、あれですか？　あの、サバイバルナイフの」

娘の理央は三年生だ。地域の小学校に通っている。その日は放課後の教室で友達とおしゃべりしていたらしい。巡回中の用務員に注意されて切り上げたが、いつもより下校が遅くなった。

通学路をたどる。夕方前の住宅街にひとけはない。同じ方向に帰る友達がいなかったので、理央はひとりで歩いていた。あとをつけられていることに気づかなかった。

ふと、気配を感じて振り返る。サバイバルナイフを手にした男が立っていた。男はナイフを掲げると、理央のランドセルめがけて振り下ろした。衝撃を受けて尻もちをつく。パニックに襲われながら、ようやく立ち上がったとき、男の姿は消えていた。

ケガこそしていないものの、自分の身に何が起きたかわからない。理央は呆然としたまま家に向かった。足がわなわなと震えて、走ることすらできなかった。玄関に出迎えた母は、ランドセルに突き立ったナイフを見て、理央が腰を抜かすほどの悲鳴を上げた。

娘から話を聞かされたときの驚きと怒りが甦る。

「おまえのしわざか」

「そうです。私が本気だってことを、あらかじめ知っておいてほしくて」

事件後、警察によって徹底的な捜査が行われた。しかし現場周辺に防犯カメラは設置されておらず、犯人は特定されないままだった。学校関係者や保護者が通学路に立ち、子供たちの登下校を見守る活動を続けているが、日曜である今日は、周囲に大人の目がなかったのだろう。斉木は、娘をひとりで外出させたことを後悔した。いつのまにか警戒心が薄れていたのかもしれない。

「理央は無事なのか」

「無事です。ナイフを見せたら、おとなしく車に乗ってくれました。でもきっと怖い思いをしてるでしょう。暗いところに、たったひとりで閉じ込められて」

「おれにどうしろっていうんだ」

「ある場所に来てください。そこでゆっくりお話ししましょう」

「言うとおりにしたら、理央を返してくれるんだな」

「ええ」

「どこだ」

「S駅前の、マグノリア通りへ」

「マグノリア通り……」

「ご存じでしょう？　前にそこでお見かけしましたから。詳しい場所は、現地に着いてからお伝えします」

「おまえは誰だ。おれに何の恨みがある」

「恨み──」

男は押し黙った。その言葉について、何か思うところがあるらしい。

「恨みは──特にないかもしれません。いや、やっぱり恨んでいるのかな。でも斉木さん個人に対する恨みではありませんよ。私に選ばれたことを、不運だと思ってあきらめてください」

「選ばれた？」

男は答えず、話を戻した。

「とにかく、マグノリア通りに来てください。今ご自宅ですか？　高速を使えば、三十分くらいで着きますね」

「ほんとに理央は無事なんだな」

「無事です、少なくともいまのところは。理央ちゃんを傷つけるつもりなら、一ヶ月前にそうできたことをご存じでしょう？」

「理央に何かしてみろ。ただじゃおかない」

「では、マグノリア通りでお待ちしています。また電話します」

斉木は沈黙で怒りを示した。

「言い忘れましたが、警察に通報していただいて結構ですよ。たぶん何もできないでしょうから」

「え……」

「でもそれは奥さんに任せて、斉木さんはマグノリア通りへ。別に急ぐ必要はありませんが、娘さんがご心配でしょう?」

電話が切れた。斉木は車のキーをつかんで立ち上がった。


S駅に着いた。

斉木はデパートの立体駐車場に車を停め、階段を駆け下りて外に出た。バスやタクシーが発着を繰り返す、駅前の広大なロータリーに立つ。そこから放射状に伸びている道のひとつが、件《くだん》のマグノリア通りだ。

入口の手前に丸く土の地面が残されており、青々とした大樹が聳《そび》えている。泰山木《タイサンボク》だ。マグノリア通りの名はその木に由来する。花のないこの季節、わざわざ足をとめて見上げる者はいない。

時刻は二時を回ったところだ。焦燥で汗ばんだ肌を、十月のひんやりした空気が乾かす。上空は一面に白く曇って、スクリーンのようにぼんやり光っていた。若いカップルや家族連れ、私服の中高生が行き交い、休日の駅前はそわそわと浮き足立っている。

斉木は携帯を取り出した。自宅にかける。男からの電話のあと、すぐ妻に連絡して、警察に通報するよう言った。簡単に事情を説明してあるが、妻はわけがわからず、不安に苛まれているだろう。

妻が出た。駅前に着いたことを告げる。自宅に駆けつけた捜査員が、すでに準備を整えているという。妻は電話を替わった。

捜査員は、県警本部の森田《もりた》と名乗った。全力で娘さんの救出に当たるので、なにとぞご協力くださいと挨拶する。斉木は問われるままに、外出した娘が車に連れ込まれたらしいこと、犯人しか知らない場所に監禁されていること、そして一ヶ月前の通り魔事件を、男が自分の犯行であると認めたことを話した。

「何か、具体的な要求はありましたか」

「とにかくマグノリア通りに来いと」

「金銭の要求はなかったんですね？」

「私と話したいとだけ」

「警察に連絡してもいいと言ったそうですが」

「ええ。たぶん何もできないだろうからと」

森田は一瞬黙った。男の意図を計りかねているのだろう。

「犯人に心当たりはありますか」

「いえ、まったく」

「失礼ですが、誰かに恨みを買った覚えは」

「男は私を恨んでいるようなことを言っていました。でも――」

「でも？」

「私個人に対する恨みではないとも」

森田はその件を保留にして、別のことを言った。

「実はマグノリア通り周辺に、すでに多数の捜査員が配置されています」

「え？」

斉木は思わず駅前を見回した。乗降客がせわしなく行き来しているが、ざっと見るかぎり、それらしい人物は見当たらない。

「すぐに斉木さんと接触することも可能ですが、犯人が監視していないとも限らない。何が目的かわからないので、我々はまだ近づかない方がいいでしょう。斉木さんには、私がこの電話で指示を出させていただきます」

「はい……」

そのときポケットの中で、もう一台の携帯が鳴った。仕事用の携帯だ。

「あ、電話です」

「犯人からですね。出てください」

「はい」

「この電話は切らないでください。携帯に近づけて、私にも犯人の声が聞こえるように」

通話ボタンを押した。動悸が速まるのを感じながら耳に当てる。

「もしもし」

「間宮です。着きましたか」

「ああ」

「通りの入口ですか」

「そうだ」

「では、そのまま奥に進んでください」

御神木のような常緑樹を回り込んで通りに入る。男が何を企み、どこにひそんでいるかわからないので、左右に目を配りながら足を進める。耳に当てた携帯に、さらにもう一台の携帯を当てている姿は、ほかの通行人の目には奇異に映っただろうが、いまは気にしていられない。

マグノリア通りは、駅前で最も繁華な通りだ。さほど広くない道路の両側に、大小のテナントビルが立ち並ぶ。ガラス張りの小ぎれいなブティックがあるかと思うと、マンガ喫茶やゲームセンターのけばけばしい看板が目を引いた。歩行者天国の街頭に、そぞろ歩く人々と、急ぎ足の人々が交錯する。

「おまえはどこにいる」

「そばにいますよ」

「おれと会って話したいんじゃないのか」

「すぐお目にかかりますが、とりあえず電話でいいでしょう」

通りは五百メートルほど続いて、別の通りにぶつかってそこで終わる。斉木は中間あたりまで歩いた。ふいに男が言う。

「そこです」

「ここ?」

「斉木さんの左側のビルです」

新旧様々な建物がひしめく中に、五階建てのテナントビルがあった。一階に有名チェーンの居酒屋が入り、二階から上には別の系列の居酒屋やカラオケボックスが入っている。これといって目を引くところはない。

男の口ぶりからすると、男からは斉木の姿が見えているらしい。すでに気づいているはずだが、別の携帯に通話を聞かせていることには触れなかった。じっと聞き耳を立てているのか、捜査員の森田は沈黙している。

男が言う。

「斉木さん、その場所に立って、何か思い出しませんか」

「この場所？」

「三ヶ月前、そこでちょっとした事件があったでしょう」

斉木ははっとした。自分が同じ場所に立っていることにようやく気づく。事件が起きたのは夜だったので、日中だと印象が違う。

それは、前回この街を訪れたときの出来事だ。マグノリア通りと聞いて、まず頭に浮かんだのはそのことだったが、まさか娘の誘拐と関係しているとは思わなかった。

その日、斉木は近くの炉端焼きの店で飲んでいた。学生時代からの友人が急に郷里に帰ることになり、ごく内輪の送別会をしていたのだ。別の店に移動しようとしたとき、その現場に出くわした。

「思い出しましたか」

「ああ……」

「実はあのとき、私もそばにいたんですよ」

炉端焼きの店から外に出ると、向かいのビルの前に人だかりができていた。何事だろうと、斉木たち一行も輪に加わる。パトカーの赤色灯が見えたので、ケンカでもあったのかと思ったが、人々の視線を追って上を見たとき、何が起きているかわかった。

ビルのてっぺんに男がいる。フェンスを乗り越え、屋上のふちに立っていた。痩せた体を少しだけ前に傾け、斉木たちのいる通りを見下ろしている。飛び降り自殺しようとしているのだ。

通りにはパトカーだけでなく、救急と消防の車両も駆けつけていた。ものものしい空気が充満する中、ビルの前だけ、ぽっかりと空間があいている。誘導灯を手にした警官たちが、少しでもビルに近づこうとする見物人を押し戻す。

時刻は十時近かった。新たに訪れる人こそ少ないが、街の賑わいはまだ衰えを見せていない。さまよい歩く酔客を吸収して、人だかりはなおも拡大した。梅雨が明けたばかりの、真昼並みに蒸し暑い夜だった。

男は立ち尽くしたまま、魅せられたように地面を見つめている。街の光を受けて、白いシャツが夜空に冴えた。長い髪と細い手足が、上空の風になぶられる。まだ若い男のようだった。

数人の警官が屋上に上がって、男の説得を試みていた。慎重に言葉を選びながら、距離を詰める機会をうかがう。聞こえているのかいないのか、男は顔を向けようともしない。

膠着状態はどのくらい続いているのだろう。詰めかけた野次馬たちは、固唾《かたず》を呑んで見つめているというより、すでに退屈しはじめているようだった。スタジアムの観客のようにざわめいて、ときおり笑い声が起こった。飛ぶんならさっさと飛べよ、という無責任なつぶやきも聞こえてくる。

斉木はすぐに立ち去りたかった。今夜の飲み会の趣旨にふさわしくない。友人たちを促そうとすると、一行のうちのひとり、堀口《ほりぐち》という男が言った。

「あいつ、飛ぶかな」

「ん？」

「ほんとに飛ぶと思うか」

「さあ……」

「賭けようぜ」

「え？」

「おれは飛ばないと思うね。ほんとに死にたいやつはこんな騒々しい場所じゃなく、ひとりでひっそり死ぬもんだ」

斉木は早く次の店に行きたかったので、適当に相槌を打った。しかし堀口は動かなかった。いまでこそ大手商社に勤めているが、昔から悪ノリするたちの男なのだ。

「要するにかまってほしいんだよ。日頃誰にも相手にされないんで、騒ぎを起こして人目を引こうとするんだ。本気で死ぬ気なんかねえ。甘えてるだけなんだ」

堀口の声が大きいので、斉木はまわりの目を気にした。こちらを呆れたように見ている顔がある。斉木は友人の背中を押して歩かせようとしたが、酒の入った堀口はしつこかった。

「おまえはどっちに賭けるんだよ」

「おれ？」

「あいつは絶対飛ばねえ。おれは断言する。飛べるもんなら飛んでみろ。あいつにそんな度胸はねえ」

斉木はほかの友人たちを見た。苦笑しながらも、堀口の放言を面白がっているようだ。送別会の主役である男も笑っていたので、斉木は急《せ》かすのをあきらめた。

そのとき、野次馬のひとりが声を上げた。学生のようだった。屋上に向かって叫ぶ。

「飛べ！」

おそらく堀口の言葉に影響されたのだろう。男をからかってみたくなったのだ。

「さっさと飛べ。もう待ちくたびれたぞ」

ほかの野次馬たちは鼻白んだ顔で眺めている。眉をひそめ、軽蔑の視線を送る者もいた。しかし学生を非難する声は聞かれない。たまたま遭遇した自殺騒ぎに、そこまで深く関わるつもりはなかったのだろう。

刺激されたように、別のグループの男が叫ぶ。

「早くしろ。死ぬ気あんのか」

「おいおい、あんまり煽《あお》るなよ。ほんとに飛んだらどうするんだ」

堀口が笑いながら言った。もちろん本気でとめるつもりはない。

続いて若い女が声を上げる。その女も素面《しらふ》ではなかったのだろう。

「さっさと飛べよ。意気地がねえな」

ふいに屋上の男が動いた。ヤジに反応したのか、足を踏み出し、さらに端に近づく。

人々が、おおっ、とどよめいた。そこには恐怖、というより期待がこもっていた。

「飛ぶぞ」

「いや、飛ばねえって」

「がんばれー」

男を思いとどまらせようとする声もなくはなかった。早まるな、考え直せと、前向きなメッセージを投げかける者もいる。しかし野蛮なヤジにまぎれて、からかい半分の言葉にしか聞こえない。良心的な人々は、見るに堪えないといった表情で、人だかりを離脱していく。

男は通りをのぞきこんでいる。ぎりぎりのところに立ち、いまにも飛び降りそうだった。群衆は息をつめて見守る。

しかし男は飛ばなかった。よろけるようにあとずさると、フェンスにもたれかかった。

野次馬が落胆の声を上げる。

「なんだよ。飛ばねえのかよ」

「潔くねえ」

「男だろ？」

斉木の横で、堀口とは別の友人が叫ぶ。自分も参加したくなったのだ。

「いいかげん腹くくれ」

斉木は別に、男が飛び降りるところを見たかったわけではない。知らず知らずのうちに、その場の空気に呑まれていたのだろう。男がフェンスにしがみつき、本当は死ぬ気などないように見えたせいもある。気づいたとき、周囲の野次馬たちと同じように叫んでいた。たまたまほかの声が途切れた瞬間だったので、その声はひときわ大きく響いた。

「さっさと飛んじまえ！」

斉木の声が届いたのか、男はびくっと体を震わせた。フェンスを離れ、ふらふらと進み出る。再び屋上のふちに立ったときには、どこか吹っ切れたようすに見えた。人々の視線を一身に集めながら、腕を広げて胸をひらく。一瞬空を仰いで、足を前に踏み出した。

悲鳴が上がる中、男は落ちた。時間は二秒とかからなかった。砂袋を叩きつけるような音が響く。ビルの前で、一度目より悲痛な悲鳴が起こった。最前列にいた人々に、血と脳漿《のうしょう》が飛び散ったのだ。

斉木は呆然とした。ことの重大さに気づいたように、野次馬の多くがそそくさと立ち去る。一部の若者たちがお祭り騒ぎを始める中、斉木は友人に腕を引かれて、よろよろとその場を離れた。

電話の向こうで問宮が言う。

「あれはひどいと思いました。人が死のうとしてるのに、誰もとめようとしないなんて。そればかりか、早く死ねと、みんなで囃《はや》し立てるなんて」

斉木たちは別の店で飲み直した。さすがに直後は口が重かったものの、いったん動揺が収まると、すぐに本来の陽気さを取り戻した。学生時代の思い出話に花を咲かせ、最前の不吉な出来事を振り払う。いつかみんなで友人の郷里を訪ねようと約束して、名残りを惜しみながら飲み会を終えた。斉木は駅前のタクシー乗り場で、それぞれの家路につく友人たちを見送った。

その夜、ちょうど泰山木が満開だった。黒々と茂った葉叢《はむら》のそこかしこに、肉厚の白い花弁がひらいていた。人の顔ほどもある巨大な花を、ひとり取り残された斉木は不気味に思った。

問宮が続ける。

「実は私、すぐそばに職場があるんですよ。あの日はたまたま通りかかって、一部始終を見てました。斉木さんが野次馬に加わる前から」

あのときの自分のふるまいを思い出すと、いたたまれない気持ちになる。

「どう思いましたか、あの人が飛び降りたとき。斉木さんはそれを望んでいたんでしょう?」

「いや、おれは別に」

「はっきり叫びましたよね、さっさと飛んじまえと。あの人が飛び降りたのは、斉木さんに飛べと言われたからですよね」

「それは——」

「もともと死ぬ気だったんだから、斉木さんのせいではないと? でもあの人、いったん思いとどまりましたよね。あの人が自殺に踏み切ったのは、斉木さんに背中を押されたからです」

「………」

「斉木さんがあの人を殺したんです」

「それは——言いがかりだ」

「いいえ、違います。斉木さんも思ってるはずです。あのとき斉木さんが叫ばなかったら、あの人は死ななかったかもしれないと」

斉木は言い返すことができなかった。あの夜以来、ずっと心に引っかかっていたのは事実だった。いままで深く考えないようにしていたのは、自分のせいだと認めるのが怖かったからだ。しかし間宮の言葉が正しかったとしても、自分が人殺しであると認めるわけにはいかない。

「あのとき叫んだのはおれだけじゃない。もっとひどいことを言ってるやつもいた」

「ええ、叫んでましたね。見るからに頭の悪そうな連中が。全員、地獄に堕ちればいいと思います。まさに人間のクズですね」

男の声に、抑えきれない怒りがにじむ。

「飛び降り自殺を見物するなとは言いません。でも、あえてけしかける必要はないですよね。もっと別の言葉をかけていたら、あの人は考え直したかもしれない」

「じゃあ、あんたはどうなんだ。あいつをとめようとしたのか」

「いいえ、私は口出ししませんよ。自殺するのはその人の自由だと思いますから」

ふと、ある可能性に気づく。

「あんたはあいつの知り合いなのか。おれに復讐しようとしてるのか」

「いいえ、知り合いではありません。あのとき初めて見た人です。いまだに名前も知りません」

「じゃあ、なぜ」

「許せないんですよ、笑いながら人を死に追いやるような連中が。あの人がどんな理由で死を選んだのか知りませんが、あんな死に方を望んでいたとは思えない」

「それで娘を誘拐したのか。おれを罰するために」

「罰する？」

間宮はその言葉に引っかかったようだ。

「人を罰するなんて、そんな不遜《ふそん》なことはしませんよ。私には何の権利もない」

「じゃあ──」

「私はただ、斉木さんに知ってほしいだけです。追いつめられた人間の、怒りや悲しみ、そして恐怖をね」

「なぜおれなんだ」

「は？」

「あのとき叫んだのはおれだけじゃない。ほかのやつらはほっとくのか」

「私だって、できればあそこにいた全員を同じ目に遭わせたいですよ。人の死を嗤《わら》う輩を一掃したい。でもそれは私の手に余る。どこかで大型トラックを借りてきて、いちばん賑わう時間帯に通りに突っ込んでやろうかとも思いましたが、そんなことをしても皆殺しにできるわけじゃない。人を絶望に突き落として平気で笑ってるようなやつは、日本じゅう至るところにいるわけですから」

男の憎悪の深さをうかがわせる口調だった。不用意に言い返せない。

「だから、斉木さんに見せしめになってもらいます。恨むなら、私に目をつけられた不運を恨んでください」

「………」

「あの日あの人が飛び降りたあと、斉木さん、串カツ屋に行きましたね。そのあとご友人たちと別れて、ひとりで電車に乗った。私、ずっとあとをつけてたんですよ。U駅で降りてタクシーに乗りましたね？　私もタクシーをつかまえて、あとを追ってもらいました。どこにお住まいなのか突き止めようと思って」

斉木はぞっとした。男に対する嫌悪感が込み上げる。

「我ながら、なぜそこまでするのか疑問ですよ。でもあのときは、どうしてもそうせずにいられなかった。斉木さんに何をしてやろうっていう、具体的なプランがあったわけじゃないんですけど」

「………」

「後日、斉木さんが出勤するだろうと思われる時間に、またお住まいの近くに伺いました。今度は自分の車でね。斉木さんが車でお出かけになったので、あとをつけました。法務局のそばに事務所を構えていらっしゃる。ご自宅から近くて便利ですね」

男は低く笑った。言葉を失っている斉木に構わず、話しつづける。

「斉木さんはまだ、なぜ自分なんだとおっしゃるでしょう。自分はたまたま居合わせた野次馬のひとりに過ぎないと。でもあの日あそこにいたのは、ほんとにしょうもない連中だった。考えなしな学生とかチンピラみたいな若造とか、見るからに育ちの悪そうな小娘とかね。そんなやつらを相手にして何になります？　いくらクズのような連中でも、いい歳をした私が、ガキどもをいたぶるのも大人気ないですし」

「それでおれなのか」

「なにしろ同世代ですからね。きっと私の様々な思いを受け止めてくださるでしょう。しかも、家族構成が一緒です。私にも小さな娘がいるんですよ」

「おれにどうしろっていうんだ」

斉木を焦《じ》らすように、男は黙った。

「娘を返してほしい。たしかにおれのしたことは軽率だった。でも、それと娘は関係ないはずだ」

間宮は答えない。

「頼む。娘を返してくれ。あんたにも娘がいるなら、おれの気持ちがわかるだろ」

何を考えているかわからない相手に向かって、辛抱強く語りかける。

「あの人に謝れというなら謝る。おれが馬鹿だったんだ。いくら酔っていたとはいえ、あんな言葉をぶつけるべきじゃなかった。おれのせいであの人が死んだなら、本当に申し訳ないと思う」

間宮は突き放すように言った。

「謝っても無駄ですよ」

「え――」

「別にあなたに謝ってほしいわけじゃない。謝ってもらったからといって、あの人が生き返るわけじゃないですし。そもそも死んだのはあの人なのに、私があなたを赦すなんて変でしょう？　人を罰したりとか赦したりとか、そんなことができる傲慢《ごうまん》な人間じゃありませんよ、私は」

男の論理についていけず、口をつぐむ。

「あなたがあの人に謝りたいと言ったのは、きっと嘘ではないでしょう。娘を取り戻したい一心で、口先だけの謝罪をしたのだとは思いません。でももう手遅れですよ。あなたは選ばれてしまったのだから」

斉木は同じ問いを繰り返した。

「おれにどうしろっていうんだ」

「少々恐怖を味わっていただきます。その恐怖を知ったとき、世の中の馬鹿どもが一斉に戦慄するような、ね」

斉木の背中に冷たいものが走った。この男は常軌を逸している。

「娘に何かするつもりなのか」

「いいえ、そうではありません。何かしようにも、あいにくここにはいませんし」

「どこにいる」

「さっきも言ったように、ある場所に監禁しました。彼女が助かるかどうかは、斉木さん次第です」

「どういうことだ」

「ちょっと待ってください。いま、外に出ます」

「外？」

「お互い、顔の見えるところで話した方がいいでしょう」

電話の向こうで、間宮が立ち上がる気配があった。ドアのひらく音がする。どこかの部屋から出たらしい。歩きながら、世間話のような調子で言う。

「可愛いお嬢さんですね。おとなしいし素直だし、無駄に泣きわめいたりしないしね。声も出せないほど怯えていたのかもしれませんが」

「娘を返してくれ」

返事はなかった。

「何でもあんたの言うとおりにする。だから娘を返してくれ」

足音が聞こえてくる。階段をのぼっているような、ゆっくりとした足取りだった。音が反響しているので、ビルの中かもしれない。

斉木はすがるように言う。

鍵をあける音がした。続いて甲高《かんだか》い軋みが上がる。間宮はドアを押しあけたのだ。

「おっしゃるとおり、あなたは何でもするでしょう。私も娘のためなら、どんなことでもしますからね。お気持ちはわかります」

携帯が風の音を拾っている。間宮は屋外にいるのだ。斉木は思わず周囲を見回した。

「どこにいる」

「お待ちください。いま、斉木さんの前に出ます」

音が聞こえなくなる。間宮は携帯をポケットにしまったようだ。そのとき、近くを通りかかった通行人が、あっと声を上げた。何の気なしに目を向けたらしい。つられて斉木も上を見る。

それは、斉木がいままで背中を向けていたビルだった。飛び降り自殺があったビルの向かいに立つ、同じく五階建てのテナントビルだ。男がひとり、屋上のフェンスをよじのぼっている。慎重に上端をまたぐと、フェンスの外側に降り立った。周囲を見渡したあと、ジーンズのポケットから携帯を取り出す。

「見えますか」

斉木の携帯から、再び声が聞こえてくる。

「はじめまして。間宮です」

「あんた……」

ほかの通行人たちも異変に気づいた。同行者を呼び止め、頭上を指さす。囁《ささや》きが聞こえた。

「見て」

「何だ、あいつ」

「自殺？」

斉木は男を見つめた。曇り空を背にして、灰色のシルエットと化している。表情はおろか、顔立ちすらわからない。ジャケットのすそが風にはためく。

携帯に向かって言う。

「あんた、何をしようっていうんだ」

「何って、ここですることと言えばひとつしかないでしょう。飛び降りるんですよ」

「死ぬ気なのか」

「ええ」

言葉を失う。

「だから斉木さんは、私が飛び降りる前に、娘さんの居場所を聞き出さなくてはなりません。私が死んだら、娘さんは永遠に発見できない」

「な――」

「警察が全力で捜索すれば、たかが女の子ひとり発見できないはずがないと思うかもしれませんね。でもそれは間違いです。思わぬところにブラックホールのような場所があるんですよ。その所在を知らなかったら、絶対に行き着けないような」

「娘をどうしたんだ」

「手足を縛って閉じ込めました。古い地下倉庫のような場所です。さるぐつわをかませて、念のために上から粘着テープを貼りました。叫んだところで、誰の耳にも届きませんが」

「言ってくれ。おれはどうしたらいいんだ」

「自殺を思いとどまらせてくれとは言いません。私はもう死ぬことに決めてますから。それまでの間、私の最後のわがままにつきあってください」

男はリュックサックを背負っていた。肩から外して足元におくと、のんびりした口調で話しはじめる。

「実は私、やきとり屋をやってましてね。このビルに入ってます。いまは休業中ですが」

ビルの看板を見ると、たしかにそれらしい名の店がある。

「ビルの管理人と懇意でね。屋上の鍵を借りました。私、写真が趣味なんですけど、屋上から街を撮りたいと言ったら、いとも簡単に貸してくれました。向かいのビルで飛び降り自殺があったというのに、危機管理がなってませんね」

男の話がどこに向かっているのかわからない。黙って聞いているしかなかった。

「テナントの鍵をトランク型のキーケースで保管してるんですが、なんとマスターキーも一緒に入れてあるんですよ。隙を見て持ってきました。こちら側から鍵をかけたから、もう誰も屋上に入れない。途中で邪魔されるのはいやですからね。もっとも開錠のプロの手にかかったら、あっさりあけられちゃうんでしょうけど」

男は視線をめぐらせた。

「実際ここから見ると、結構いい眺めですよ。雑然として殺伐とした街並みだけど、それなりに美しくないこともない。ほんとにカメラを持ってくればよかった」

「頼む。言ってくれ。おれはどうしたらいいんだ」

目を下に向ける。斉木の問いには答えない。

「さすがに日曜日は人が多い。もうずいぶん集まってますね」

斉木はまわりを見回した。いつのまにか人だかりができている。三ヶ月前に見た光景の再現だった。男と女、若者と老人、幸福そうな者とそうでない者が、斉木を十重《とえ》二十《ふた》重《え》に取り巻いている。外の騒ぎに気づいたのか、近くのビルからわらわらと人が出てきて、さらに人込みの密度を増す。

誰かが通報したらしく、遠くからパトカーのサイレンが聞こえてきた。男が気にとめたようすはない。

「みんな私を見てます。期待に目を輝かせてね。これから人がひとり死のうとしてるっていうのに、楽しそうに笑ってます。まあ、それが普通でしょうから、別に咎めはしませんが。まったく無邪気な連中です」

何でもないことのように、ぽつりとつぶやく。

「もし誰かが〝飛べ〟と叫んだら、私は飛び降ります」

「え――」

「あのときあの人が、斉木さんの声に背中を押されて飛び降りたみたいに」

自分の顔から血の気が引いていくのがわかった。

「もちろん一回ヤジられたくらいじゃ飛び降りませんよ。何度も死ねと言われて、いいかげんうんざりしてきたら、誰かの声をきっかけにして飛び降ります。そして理央ちゃんは二度と帰らない」

ようやく斉木は、男が与えようとしている《恐怖》を悟った。人々が群れ、通りはいつしか祭りのように浮ついている。異様な空気に酔った誰かが、いつ〝飛べ〟と叫ぶかわからない。いったん口火が切られたら、あの夜のように連鎖反応が起こるだろう。人々が自制を失ったとき、斉木に群衆をとどめるすべはない。いつ男が飛び降りるかわからない恐怖の中で、焦燥に気が狂うだろう。

斉木は呆然とした。まわりを取り囲む人々は、誰ひとりとして斉木が陥った窮地を知らない。足元が崩れ去るような、底知れぬ不安に呑み込まれる。

ふいに、群衆の中から人影が近づいた。ワイシャツの上に紺色のジャンパーを着た、中年の男だった。斉木にうなずきかける。

「S署の内藤《ないとう》といいます」

携帯に聞こえないように、斉木のもう一方の耳に囁く。

「ここから移動しましょう。やつから丸見えじゃ動きが取れない」

間宮の狙いがわかったので、警察が行動を開始したのだろう。内藤は人込みをかきわけ、屋上から死角となる横道に向かう。どこに待機していたのか、制服の警官たちが通りに現れ、人々の誘導を始めた。立ち止まらずに進んでください、と呼びかける。野次馬はしぶしぶ動いた。

「どこに行くんですか」

間宮が詰問する。

「そこにいてください。斉木さんがいなくなったのでは、何のためにこんなことをしてるのかわからない」

斉木の困惑に気づいたのだろう。内藤はいったん足をとめ、相手の出方をうかがう。間宮は言った。

「その人は刑事ですね。斉木さんから、邪魔するなと言ってください。どうせ私をとめることはできないんですから」

声が苛立ちを帯びる。

「たしかに私は、警察に知らせてもいいと言いました。駄目だと言ったところで斉木さんは知らせるでしょうし、ここで騒ぎを起こせば、どっちみち警察沙汰になりますからね。でも、邪魔されるのは面白くない」

たたみかけるように言う。

「なんならいますぐ飛び降りてもいい。警察の失策で、理央ちゃんがおうちに帰れなくなるだけです」

そのとき、もう一台の携帯が斉木を呼んだ。ずっと沈黙を守っていた森田だ。

「私が替わります。これ以上斉木さんが対応するのは無理でしょう。こちらから携帯に電話すると、犯人に言ってください」

斉木は森田の言葉を伝えた。しかし間宮の答えは〝否〟だった。

「なぜそんなことをする必要があるんでしょう。私を説得しようとでもいうんでしょうか。私の望みは、ここから飛び降りて死ぬことだけです。金を要求してるわけでもない。何も材料がないのに、どうやって交渉するんでしょう」

間宮に理があるように思われる。反論の余地はなかった。

「私はもう引き返せない。来るところまで来てしまった。でも、どうしても何かしたいというなら、警察にひとつ仕事をあげましょう。ある場所の住所を言います。そこに行ってみてください」

間宮は住所に続いて、建物名と部屋番号を告げた。電話の向こうで森田が復唱する。部下にメモを取らせているようだった。

「誤解されては困りますが、そこに理央ちゃんがいるわけではありませんよ。でも行ってみて損はない。私の覚悟がわかるでしょう」

警官たちによる誘導が功を奏し、人だかりは徐々に解消されつつあった。未練がましく屋上を眺めている者もいたが、ビルの前から着々と人が減っていく。さらにふたりの捜査員が近づいてきて、斉木を人波から守る。

間宮が憎々しげにつぶやく。

「まったく余計なことをしてくれる。せっかく人が集まってたのに」

内藤は耳にイヤホンをはめている。指揮官からの指示を受けているのだろう。間宮を刺激しない方がいいという判断が下ったのか、もう斉木を移動させようとはしない。

携帯から騒々しい音が聞こえてきた。

「誰かが屋上のドアを叩いてます。警察でしょうか。馬鹿ですね。あけろと言われたってあけるわけないのに。時間稼ぎのつもりかな」

間宮は地上を見渡した。

「通りの両端にパトカーが停まってます。警官が棒を振って、入ろうとする人を規制してる。通りを無人にするつもりでしょうか。でも、そんな暴挙が許されるんですかね。何十という店があるのに、とんだ営業妨害だ」

ふと口調が変わる。

「仕方ないですね。もう一度人が集まるように、ちょっとパフォーマンスします」

間宮はおもむろにジャケットを脱いだ。白いTシャツ一枚の姿になる。足元に置いたリュックから、三十センチほどのものを取り出す。

幅広のサバイバルナイフだった。曇り空を映して鈍く光る。いち早く気づいた通行人が、上を見たまま足をとめる。

人々に見せつけるように、間宮はしばらくナイフを宙にかざしていた。十分に視線を集めてから、切っ先を自分の胸に当てる。ぐっと力を込めた。

どよめきが起こる。

「げ、やべえ」

「まじで刺した」

「グロッ」

間宮はナイフを横に動かし、自分の胸を切り裂いた。傷はそれほど深くないようだったが、Tシャツがみるみる赤く染まっていく。そこかしこで短い悲鳴が上がった。

人々は完全に動きをとめていた。彼らを誘導するはずの警官たちも、呆けたように見上げている。斉木が見回すと、通り沿いのビルの窓から、無数の顔が屋上を見つめていた。バルコニーや外階段にも、興味津々の見物人がたむろしている。

揶揄《やゆ》するような声が次第に増える。

「あいつ、目が逝《い》っちゃってね？」

「ヤク中だろ」

「こわー」

「でも、まだ手加減してるぜ」

「ぐさっと行けよ」

野次馬の声は大きい。内藤が、まずい、と洩らした。斉木の恐れていることが起ころうとしているのか。

「ようやく声が上がりはじめましたね。これを待っていました」

間宮は満足感を漂わせる。

「でも、今日の人たちはお行儀がいい。あの人が飛び降りたときには、もっとひどいヤジが飛んでましたよね。いくじなし、とか、男じゃねえ、とか。あのときはアルコールが入ってたってこともあるんでしょうけど」

斉木の緊張を知らぬげに、呑気に言う。

「やっぱりあなたのお友達の堀口さんみたいに、煽動《せんどう》してくれる人がいないと駄目ですかね」

間宮は再びナイフを掲げた。もったいぶった動作で胸に当てる。人々が息を呑んだ。恐怖だけでなく、あからさまな期待が通りに満ちる。すると間宮は、何もしないまま腕を下ろした。人々が嘆息を洩らす。えーっ、というブーイングも起こった。

「はは。面白いですね。もうちょっと焦らしたら、あのときのような辛辣《しんらつ》なヤジが飛んできそうです。私が思わず飛び降りてしまいたくなるような」

何とかして引き止めなくてはならない。斉木は、最前から気になっていた疑問をぶつけた。

「あんたはなんで死にたいんだ」

「は？」

「教えてくれ。おれはそのためにこんな目に遭ってるんだ」

「つまらない話ですよ。どこにでも転がってるような」

「それでもいい」

「借金です」

間宮は不機嫌そうに続ける。

「私、脱サラして店を始めたんですが、経営に失敗しましてね。前職とはまったく畑違いでしたし、性格的にも向いてなかったんでしょう。居抜きの物件があると聞いて、慌てて飛びついてしまいましたが、無謀でした。客は来ないし、私を素人だと思って、従業員は言うことを聞かないしね。おまけに同じビルの中に、今風のおしゃれなやきとり屋ができた。どうにかして客を呼ぼうと、内装を変えたり新メニューを考えたりしましたが、ぜんぶ裏目でね。気づいたときには、蓄えが底をついてた」

「それが原因か」

「家賃や給料を払うためにあちこちから借金しましたが、それを返すあてもない」

「何か打つ手があるはずだ。金のために死ぬなんて馬鹿らしい。店を売ることはできないのか」

「もちろんそのつもりでしたが、それだけじゃ到底おっつかない。マンションとか車とか、売れるものはみんな売ってしまったし」

「おれが力を貸す」

「は?」

「あんたに借金がいくらあるのか知らないが、おれにも多少蓄えがある。できる範囲で協力する」

「斉木さんが私を助けてくれるっていうんですか。正気ですか」

「ああ」

「娘を助けたい一心で、心にもないことを言ってるんですね。そんなことで私が思いとどまると思いますか」

「いや、おれは――」

「金さえ出せば、私が言うことを聞くと思ってるんですね」

「いや――」

斉木は慌てた。間宮を怒らせてしまったのか。

「でも、そんないじわるを言うのはやめましょう。もしかすると斉木さんは、心から私を助けたいと思ってくれたのかもしれないし」

言い繕おうとする前に、間宮自身が怒りを鎮めた。

「でもね、それだけじゃないんですよ」

「え？」

「経済的に追いつめられると、やっぱり家族ともうまく行かなくなるんです。このところ妻とはケンカばかりでした。私たちはもう終わりです」

どう反応したらいいのかわからない。

「すっかり人間不信になってしまいました。きっと前のオーナーは、同じビルに別のやきとり屋がオープンするのを知ってたんだな。私に隠して高く売りつけたんです。騙される方が悪いんですけど」

「あんた、娘がいるって言ったな」

「ええ」

「あんたが死んだら、娘さんが悲しむんじゃないのか。奥さんはともかく、娘さんのために生きられないか」

間宮をとめるためには、娘の存在を思い出させるしかない。しかし期待したような反応は得られなかった。まるで聞こえなかったかのように言う。

「ここ半年ほど、私は死ぬことばかり考えていました」

静かな口調だった。

「だからあの人が飛び降りようとしてるのを見たとき、赤の他人とは思えなかった。つい感情移入してしまったんです。あの人に死ねと言った斉木さんが、とんでもない人非人《にんぴ》に見えた」《にん》

「…………」

「でもこうしてお話ししてみると、あなたもごく当たり前の良識人だということがわかります。あのときは雰囲気に呑まれていただけだったんですね。私としては、あなたがもっと悪人でいてくれたらよかったと思いますが」

「もうこんなことはやめてくれ。娘さんを悲しませるだけだ。別に娘を返してほしくて言ってるわけじゃない。いや、もちろん返してほしいに決まってるが、あんたには死んでほしくない。いますぐこんなことをやめて、おれに娘を返してくれ。あんたの娘さんのために」

間宮はそれきり黙り込んだ。じっと耳をこらしていると、やがて絞り出すように言った。

「もう遅いんです」

「え?」

「私、さっき住所を言いましたが、警察は現地に向かったでしょうか」

「さあ……」

「あれは私のアパートです。マンションを売ったあと、そこに引っ越したんですよ。警察は行動が速いようだから、もう到着していてもおかしくない。ちょっと訊いてみてください。斉木さんを動揺させまいとして、結果を伝えないようにしてるのかもしれないから」

「森田さん」

もうひとつの携帯に呼びかける。ためらうような沈黙のあと、捜査員の沈鬱《ちんうつ》な声が聞こえてきた。

「ビルの管理人に確認したところ、その男の本名は久保稔《くぼみのる》です。二階に久保の店があるそうです」

斉木は口をはさまず、次の言葉を待った。

「さきほど住所を教えられたあと、捜査員が現地に急行しました。本人の言うとおり、そこは久保の自宅でした。玄関が施錠されていなかったので、室内に入りました」

胸騒ぎを覚える。

「死体を発見しました。二名です。成人女性と幼児です」

「…………」

「まだ確認は取れていませんが、おそらく久保の妻と娘でしょう。ふたりとも扼殺《やくさつ》されたようです。ひとつの布団に、並んで寝かされていました」

衝撃から立ち直れぬまま、斉木は携帯を持ちかえた。〝久保〟に言う。

「あんたが殺したのか」

「ええ」

「なぜ――」

「妻と口論になりましてね。おとといの晩でした。今後のことを相談してたんですが、お互い感情的になってしまってね。妻が暴言を吐いたので、ついカッとしてしまいました。気づいたときには、馬乗りになって首を絞めてた」

「なぜ娘さんまで」

「だって可哀想でしょう。母親が殺され、その犯人が父親なんですよ？　生かしておく方が残酷だ。娘はよく眠っていたので、何もわからなかったはずです」

「そんな……」

「これでわかったでしょう。私はもう引き返せない。ここで死ぬしかないんです」

言葉が出ない。

「本当は家族を巻き込みたくなかった。ひとりで死ぬつもりだったんです。でも私がぐずぐずしていたために、こんな結果になってしまった」

斉木は急に不安に襲われた。この男はすでに人を殺している。しかも幼い娘まで手にかけた。

「娘は――理央は無事なんだろうな」

「ご心配なく。娘さんは生きています。ただ、なにぶん古い地下室なのでね。雨水が溜まって、浅いプールのようになっていました。まだそれほど寒い季節ではありませんが、いつまでも水に浸かっていたら、低体温症を起こすかもしれませんね。まだ小さいお子さんなので、命に関わるかもしれません」

「おまえ……」

込み上げる怒りのために、息をすることができなくなった。

「私が憎いですか。だったら叫んでもいいですよ。私に死ねと言ってください。斉木さんが叫んでくれたら、私はすぐに飛び降ります。さっきから飛び降りたくて仕方ないんですから。娘を手にかけたことを、早まったことをしたかもしれないと思いはじめています。これ以上もたもたしていたら、後悔に追いつかれてしまいそうです」

「頼む。娘の居場所を言ってくれ。もう十分おれを苦しめただろ」

「下の連中は、だいぶ痺《しび》れを切らしてきたみたいですね。ここからでもざわついているのがわかります。ヤジを飛ばしこそしないけど、けっこう挑発してくるやつがいる。中指を立てたり、首を切るしぐさをしたりね。動画を撮ってるやつも少なくない。彼らにとっては、ただの見世物でしかないんでしょう。人の生死がかかっているというのに、ほんとに虫唾《むしず》が走ります」

「あんたの言うとおりだ。おれも人のことを言えた義理じゃないが、こいつらは人間のクズだよ。何もかも娯楽だと思ってる。でも、ここにいる全員があんたの死を望んでるわけじゃない。心を痛めてる人もいる。あんたが飛び降りても、クズどもを喜ばせるだけだ」

斉木の本心を探るように、久保は黙った。

「こいつらのせいであんたが飛び降りても、こいつらは絶対に自分のせいだなんて思わない。こいつらに罪悪感なんてないぞ」

「おっしゃるとおりだと思います。でも、だからこそです。だからこそ、あなたに来てもらったんですよ」

「なに」

「私はこれから、あなたを恐怖のどん底に突き落とします。すべてが終わったあと、人々はマスコミの報道を通じて、今日あなたが味わった絶望を知るでしょう。私が人々の声に踊らされ、なすすべなく死に追いやられたのではなく、この世に呪詛を遺していったことを知るでしょう」

「…………」

「まあ、ささやかなお返しですけどね。ささやかな、ほんとにささやかな悪意の置き土産です」

久保は腰を屈《かが》めて、リュックから何かを取り出した。鮮やかなオレンジ色のバンダナだった。ひたいに当て、頭のうしろできゅっと結ぶ。通りを埋める人々が凍りついた。

それは最近発生した、陰惨な事件を髣髴《ほうふつ》させた。薬物依存症の男による凶悪事件だった。白昼、男は街頭で複数の通行人を刃物で襲ったあと、住宅街の民家に逃げ込んだ。ひとりで留守番していた女子高生を人質に取り、十時間以上にわたって籠城した。隙を見て突入した特殊部隊によって取り押さえられたが、人質はすでに絶命していた。全身をめった刺しにされたことによる失血死だった。ちょうど夜のニュースの時間だったため、犯人が連行される場面が全国に生中継されたが、そのとき男は歯を剝き出して笑っていた。男が身に着けていたオレンジ色のバンダナが、不条理の象徴として、鮮烈な印象を残した。

久保が自分をその凶悪犯になぞらえているのは明らかだった。人々に対する挑発だった。立てこもり事件の不気味さと後味の悪さが、バンダナを目にした者の胸に甦る。斉木は、通りの空気が変わったのを感じた。本物のバンダナ男は警察病院に収容されているので、そこに本人がいようはずはなかったが、バンダナ男に対する強い嫌悪が、ふいに立ち現れた追随者に向けられる。それまで通りに満ちていた軽蔑や嘲笑に、殺意に似た敵意が加わった。

久保はさらに何かを取り出した。ナイフの鞘のようだった。切っ先についた自分の血をジーンズで拭うと、刀身を収めて留め具をかけた。いまや群衆は久保の一挙手一投足に注目していたが、ナイフをしまっただけと知って不平を洩らす。腹を切ればいいのに、という、吐き捨てるような声が聞こえてくる。

久保はナイフを空中に差し出した。

「これを斉木さんに差し上げます。受け取ってください。私の形見です」

久保は手をひらいた。風を切ってナイフが落ちる。ビルの前の無人のスペースに、硬い音が短く響く。

どうすべきかわからず、斉木は内藤を見た。内藤も指示を待っているらしく、何も言わない。口をひらくのは久保だけだった。

「どうしたんです。ナイフを拾ってください。大丈夫、何の仕掛けもありません。私がそれを使うところを見たでしょう?」

「…………」

「拾いに来た斉木さんの上に飛び降りてやろうっていうんじゃないですよ。安心して拾ってください。受け取ってもらわないことには、話が先に進まない」

森田も何も言わなかった。捜査本部内で、斉木にナイフを持たせることの是非を協議しているのかもしれない。もどかしい沈黙が続いたが、久保の意図を聞き出すため、とりあえず命令に従うことにしたらしい。

内藤は、ナイフから一番近いところにいる警官にうなずきかけた。警官は上を気にしながら拾い上げると、内藤のもとに運んできた。斉木は二台の携帯で手がふさがっていたが、森田とつながっている方を内藤に託し、空いた手でナイフを受け取った。斉木を関係者だと知って、人々の好奇の目が集まる。

久保が言う。

「お手元に届きましたね。では、私の要求を言います」

「ああ」

「そのナイフでご自分を刺してください」

「え……」

「斉木さんがそこで死んでくれたら、娘さんの居場所を警察に教えますよ」

呆然とナイフを見つめる。久保は斉木に、娘と引きかえに命を差し出せというのか。いくら娘を救うためとはいえ、容易に下せる決断ではない。返事に窮していると、乾いた笑いが聞こえてきた。

「嘘ですよ。いまのは冗談です。もともと死にたいと思ってる人でもないかぎり、他人が自殺を強制できるものじゃない。もし私が約束を守らなかったら、斉木さんは死に損ですしね」

ふいに話を変える。

「実は私、斉木さんのほかにもうひとり、ここに呼んでるんですよ」

「え？」

「その人もビルの前にいます。いや、斉木さんの知り合いではありません。理由を言わずに呼び出したんですが、私が騒ぎを起こしたのを見て、呆気にとられているようです。馬鹿みたいに突っ立ってます」

斉木は思わず周囲を見回した。しかし顔も知らないその人物を、人込みの中から見つけ出せるはずがない。

「私、自分で店を始める前は、医療機器メーカーの技術者をしてたんですよ。そのとき直属の上司だった人です。間宮といいます。どうも反りが合わなくて、ことあるごとに対立してました。望まない退職をすることになったのもその人のせいです。ほかの幹部にあることないこと吹き込んで、私が辞めざるを得ないよう仕組んだんです」

淡々と続ける。

「つまり私が死ななきゃならなくなったのも、もとを正せばその人のせいです。会社を辞めさえしなければ、なけなしの退職金を不良物件につぎこむこともなく、資金繰りに困って、借金漬けになることもなかったんですから」

斉木は、その話が自分とどう関係するのかわからなかった。おとなしく聞いているしかない。

「だから私、先日その人の家に放火したんですよ」

「え——」

「ちょっとしたボヤでよかったんですが、風が強かったせいか、火の回りが速くてね。全焼してしまいました。ニュースでもやっていたので、斉木さんも見たかもしれません。深夜に放火したんですが、家族はみんな脱出して、焼け死んだ人はいなかったようです」

あらためて戦慄を覚える。

「私はこれから彼の携帯に電話します。そして放火したことを告白します。きっと彼は怒り狂うでしょう」

「あんた、まさか――」

「彼に言います。あんたが死ねと叫んだら、私はここから飛び降りると。彼は喜んで叫ぶでしょう。大事なマイホームを灰にされた上、まかりまちがえば死んでたんですから」

「……………」

「彼が叫んだら、きっとほかの連中も叫ぶでしょう。ヤジを飛ばしたくてうずうずしてるようですよ。ただバンダナを巻いただけなのに、すっかり〝社会の敵〟のレッテルを貼られてしまいました。相手がヤク中や殺人鬼なら、どんなひどい言葉をぶつけても正当化できますからね」

背筋が寒くなる。すべて計算ずくということか。

「あとはきっかけを与えるだけです。あの人が飛び降りたときのように、次々と叫びが上がるでしょう。何回〝飛べ〟と言われたら飛び降りるか、あらかじめ決めておきましょうか」

斉木は、自分が完全に追いつめられたことを悟った。何も知らぬ人々に取り囲まれて、逃れる道はどこにもない。

「その刑事から離れてください」

「え……」

「斉木さんにだけ伝えたいことがあります。誰にも聞かれないようにしてください」

助言を求めて内藤を見る。しかし内藤も、イヤホンからの指示なくしては動けない。

久保が語気を強める。

「私の言うとおりにしてください。もう警察が何もできないのはわかったでしょう。死ぬ気でいる人間をとめることなんて、誰にもできない」

斉木は内藤から離れた。やむを得ないと思ったのか、捜査員は黙って見送っている。声の届かないところまで歩く。

「ひとりになりましたね。どうもありがとう。では、本当の要求を言います。間宮が叫んだら、斉木さんは間宮を刺してください」

「え——」

「ナイフを渡してありますね」

「なぜおれが」

「だって斉木さんは人殺しでしょう？　斉木さんのせいであの人は死んだんですから。間宮を殺すのも同じことです」

「馬鹿言うな。そんなことできるわけない」

「そうですか。それなら私はここから飛び降りて死ぬだけです。間宮や群衆の声に従ってね。誰にも娘さんの居場所を教えないまま」

言葉につまる。

「大丈夫ですよ。斉木さんは人質を取られてるんですから、脅されて仕方なく刺したと言えば、それほど重い罪に問われることはないでしょう。まあ、自分の娘を救うために、他人を犠牲にしたことに変わりはありませんが」

斉木は歯噛《が》みした。

「では、これから間宮の携帯に電話します。そして言います。私が憎いなら、私に向かって〝飛べ〟と叫べと。そしたらあんたの目の前で死んでやると」

「待て……」

「くれぐれもお忘れなく。私はどちらでもいいんですよ。斉木さんが間宮を殺して本物の人殺しになるのでも、間宮や群衆が私を死に追いやり、結果的に娘さんを殺すことになるのでも」

「…………」

「私に人を罰する権利なんてない。すべて、斉木さんの選択にお任せします」

「この――」

「では、電話を切ります。斉木さんが間宮を刺してくれたら、もう一度電話します」

電話が切れた。斉木は人込みを見回した。間宮と思われる男を捜すが、耳に携帯を当ているのはひとりやふたりではない。内藤が近づいてきて、久保が何を言ったか聞き出そうとする。しかし斉木は黙っていた。ほかに娘を助ける方法がないなら、間宮を刺さなくてはならない。警察に邪魔させるわけにはいかなかった。

突然、地上から叫びが上がった。はっとして振り返る。十メートルほど離れたところに、背広姿の男がいた。五十代とおぼしい。最近大きな災難に見舞われたことを示すように、顔にやつれが見えた。携帯を握りしめ、ビルの屋上を睨んでいる。怒気に満ちた声で、死ね！　と叫んだ。

その男こそ間宮だろう。声が響き渡り、人々は気を呑まれたように静まり返った。張りつめた空気が満ちる。しかしそれは一瞬だった。あちこちからくすくすと笑いが洩れはじめる。屋上の男がなかなか飛び降りないので、短気な野次馬が業を煮やしたと思われたのだろう。

「死ね！　死んで償え！」

間宮は再び叫んだ。それは間宮自身の言葉だったのか。それともそう叫ぶよう、久保に仕向けられたのか。

そのときだった。まったく別の場所から叫びが上がった。若い男の声だった。

「いいぞ。もっと言ってやれ」

それは久保に対するヤジではなく、間宮に向けられた揶揄だった。しかし人々がざわめきはじめる。かろうじて保たれていた自制が崩れたのだ。

そこここからヤジが飛ぶ。

「もったいぶってんじゃねえぞ」

「ヤク中野郎が」

「とっとと飛べや」

人だかりの中には、ヤジに眉をひそめる者もいた。だが彼らは声を上げない。せいぜい非難の目を向けるだけだった。

近くの会話が耳に入る。

「死んで償え？　あいつ、あのおっさんに何かしたのかな」

「だろ」

「何を」

「娘を殺したとか。女子高生の」

「まじ？」

「ヤク中だし」

「最悪。さっさと死ねばいいのに」

「ああ。死んで当然――」

ヤジは次第に露骨になっていく。死ね、飛べ、という言葉が、当たり前のように飛び交う。「早く、早く」とリズムをつけて連呼する声に、同調する声が重なった。

間宮は叫びつづけている。唯一の切実な叫びだった。久保はどんな罵詈雑言で挑発しているのか、叫びに込められる怒りは、回を追うごとに悲痛さを加えた。間宮の興奮に便乗するように、はかのヤジが過激さを増す。

すぐにやめさせなければならない。斉木は野次馬を押しのけ、間宮のもとに急いだ。やめろと叫ぶが、間宮は久保しか見ていない。

斉木より警官たちの方が素早かった。これ以上久保を刺激するのは危険だと判断したのだろう。ふたりの警官が駆けつけ、間宮を制止しようとする。しかし間宮は黙らなかった。悲鳴のように、さっさと飛べと叫ぶ。

斉木は視線を感じた。久保が屋上から自分を見ている。覚悟を決め、ナイフの鞘に手をかけた。だが間宮のそばには警官がいる。ナイフを振り回したら、間宮を刺す前に取り押さえられてしまうだろう。少し距離を取ってタイミングを見計らう。おそらくチャンスは一度きりだ。人を刺すことに対する恐怖心を、理央の顔を思い浮かべて振り払う。

間宮が黙ろうとしないので、さらに数人の警官が駆けつけた。口を封じるのをあきらめ、ひとまず通りの外へ連れ出そうとする。斉木は焦ったが、もう手を出すことはできなかった。間宮は警官たちの背中に埋もれている。抗議するように、あいつが放火したんだと叫び、それを最後に引きずり出された。

しかしヤジはとまらなかった。人々はもはや煽動者を必要としていない。警官が制止を試みるが、効果がないどころか、むしろ逆効果でしかなかった。野次馬たちの目には、間宮を排除する警察のやり方が横暴に見えたのだろう。ヤク中を捕まえるのが先だろ、という不満の声が聞こえてくる。反発がヤジを昂進《こうしん》させていた。

「早く飛べ」

「度胸ねえな。さっさと飛べよ」

「日が暮れるぞ」

「飛ぶのか飛ばねえのか、はっきりしろ」

まるで、誰が最も冷酷な言葉を発するか競い合っているようだった。地上からだけでなく、周囲のビルの窓からも罵声が飛ぶ。悪意と敵意が通りに満ちた。

斉木のそばに、ひときわ騒がしい一団がいた。ストリート系のずるずるした格好をした、十代の少年たちのグループだ。久保に向かって、かわるがわるヤジを飛ばす。ひとりが叫んだとき、声が裏返ってしまったのが可笑《おか》しかったらしく、どっと笑い声が起こる。

斉木の胸を怒りが突き上げた。こいつらのせいで娘が命の危機に陥っている。思わず怒鳴っていた。

「やめろ！」

少年たちと、周囲にいた野次馬が顔を向ける。

「おまえら、自分が何をしてるかわかってるのか」

我慢がならず、少年たちに詰め寄る。内藤が横から割り込んで、いきり立つ斉木を押しとどめた。

「斉木さん、落ち着いてください」

「くそっ」

斉木を冷やかに眺めたあと、少年たちは自分たちの楽しみに戻った。屋上にいる男を囃し立てる。

そのとき着信音が鳴った。斉木は、いったんポケットにしまっていた携帯を引っぱり出す。抑揚のない声で、久保が言った。

「斉木さん、失敗しましたね」

「…………」

「間宮を刺すどころか、近づくことすらできなかったじゃないですか。私はこのまま飛び降りることにします」

久保は屋上のふちの、一段高くなったところに片足をかけた。群衆がどよめく。

「待ってくれ」

「でも、あの状況では致し方なかったかもしれませんね。間宮は警官に取り囲まれてしまいましたから」

「頼む。娘の居場所を教えてくれ」

「だから、もう一度だけチャンスをあげます」

久保は両足でふちに立った。人々が拍手を送る。

「斉木さんの前に、赤いラインの入った黒いジャージを着た少年がいるでしょう？　その少年、さっきからずいぶんひどいことを言ってるんですよ。負け犬、とか、飛ぶのが怖けりゃ首くくれ、とかね。さしもの私も、そいつには罰を下したくなりました」

なんら特別でないことのように、さらりと言う。

「私は、その少年がもう一度叫んだら飛び降ります」

「え……」

「だから斉木さんは、その少年が叫ばないようにしてください。まだナイフは持ってますね？　警官に取り上げられなくてよかった」

「…………」

「手加減しては駄目ですよ。ここからでも、斉木さんが本気かどうかわかりますからね。娘さんを助けたいなら、渾身の力で刺してください」

考える猶予は与えられなかった。

「成功をお祈りします」

電話が切れた。久保が屋上のふちに立ったあと、そのままぴくりとも動かなくなってしまったので、群衆は再び苛立ちを募らせていた。いっそう苛烈なヤジが飛ぶ。

そのとき、少年グループのひとりが声を上げた。

「最後にかっこいいとこ見せろ！」

斉木ははっとした。仲間に負けじと、黒いジャージの少年が叫ぼうとする。口の前に、手でメガホンを作った。

もう迷ってはいられない。斉木は鞘を振り捨てた。ナイフの柄を両手でつかみ、内藤に妨害される前に突っ込む。気配を感じたのか、少年がぽかんとした顔で振り返った。体がぶつかりあう衝撃のあと、斉木は呻き声と、一瞬遅れて周囲から上がった悲鳴を聞いた。

ナイフを腹に突き立てたまま、少年がうしろに倒れる。警官が突進してきて、斉木は横倒しになった。容赦ない力で地面に押しつけられる。

あたりが騒然とする中、警官たちの怒号が飛んだ。待機していた救急車から、白いヘルメットの救命士が駆けつける。斉木は背中にのしかかる数人分の体重にあえぎながら、携帯を取り出そうともがいた。久保と話さなくてはならない。

内藤が近づいてくる。その手に斉木の携帯があった。いまの騒ぎで落としたらしい。

「なぜこんなことを……」

体の自由を奪われたまま、斉木は首をひねって屋上を見上げた。久保は両手を大きく広げ、いままさに飛び降りようとしている。人々は息を呑んだ。もうヤジを飛ばす者はいない。斉木はひとり、娘はどこだ、と叫んだ。遠くを見つめる久保の顔に、うっすらと笑みが浮かんだように見えたのは錯覚か。痩せて骨ばった体が前に傾き、何もない空間に倒れ込む。悲鳴が上がり、斉木は絶叫した。

やがて、人の体が地面に叩きつけられる音がした。狂騒の前の一瞬の静寂が、動きを失った通りに満ちる。

斉木は呆然とした。血の色が脳裏に広がる。久保は嘘をついたのか。最後の最後に斉木を騙したのか。久保が死んでしまったら、理央は一体どうなるのだ。

斉木は再び絶叫した。

かたわらで内藤がつぶやく。斉木の携帯を見ていた。

「メールが来てる」

すばやく目を通したあと、斉木に画面を示す。

「久保からです。どこかの住所が書いてある」

「…………」

「娘さんの居場所でしょうか。すぐに捜査員を向かわせます」

ぐったりした斉木を、警官がふたりがかりで引き起こした。屋上を見上げるが、むろんそこに久保の姿はない。灰色のビルの上空に、白っぽいスクリーンが広がっているだけだった。

サイレンを鳴らして救急車が遠ざかる。ストレッチャーに横たえられているのは、斉木がその手で刺した少年だ。不思議と後悔はない。いずれ絶望が押し寄せ、斉木をどこかへ運び去るのかもしれないが、いまはその予兆すらなかった。かすかな清々しさを覚える。

まるで斉木の中に、久保と同じ輪郭の影が宿ったかのようだった。

警官に連行される。まだ何も考えられない。ただ、娘が無事でいることだけを願った。

夜にめざめて

パトカーの回転灯が、夜の住宅街をかきまわす。家々が赤く明滅した。立入禁止のテープが張り渡され、鑑識官が路上で作業に当たっている。

おれはテレビの画面に目をこらした。犯行現場からの生中継だ。興奮をひそめた声で、記者が第一報を伝えている。帰宅途中の会社員の女性が、何者かに刃物で切りつけられた。

女性は大通りでバスを降りた。ほかに通行人はいなかったというが、かたわらを無数の車が行き交っていたら、夜道に不安を抱かなかったとしても不思議はない。脇道に入って自宅に向かった。足音に振り返った瞬間、二の腕に痛みが走った。

始業前の慌ただしい時間にもかかわらず、休憩室にいる夜勤者は、みんなニュースに見入っていた。事件は市内で発生した。カメラが大通りをなめると、見覚えのある建物や看板が画面をかすめた。

「やだ。またなの？」

長イスの横に人が立った。マリコだった。おれと同じ深夜バイトだ。勤務する曜日がかぶっているので、よく顔を合わせる。

「いつ？」

「八時ごろらしい」

「ここ、○○町のあたりよね」

おれの住むY市では、このところ通り魔事件が相次いでいる。ほぼ週に一度のペースで起きた。都市と田園地帯の中間に位置する、ありふれたベッドタウンのひとつに過ぎないので、日頃マスコミの注目を浴びることなどなかったが、思わぬかたちで、がぜん関心を呼んでいた。

「重傷？」

「腕を切られた。命に別状ないって」

バッグや財布を奪うでもなく、犯人は無言で走り去った。女性は付近の民家に助けを求めた。背後から襲われたので、犯人の顔は見ていない。黒っぽい服装をした、細身の男だったという。

最初の事件は二ヶ月前に起きた。下校途中の女子中学生が、うしろ髪をハサミで切り落とされた。市民に警戒が呼びかけられる中、ひとり歩きの女性を狙う刃物男が出没し、バックパックやスカートを切られる被害が続出した。事件が全国ニュースで取り上げられるようになったころ、ついに最初の負傷者が出た。すれちがいざまに切りつけられ、全治二週間の切創《せっそう》を負った。それまでの事件と同一犯かどうかわからないが、もしそうなら、犯人はそのとき一線を越えたと言える。最近では、毎回のように被害者を負傷させていた。いまのところ命に関わる事態には至っていないものの、いずれ深刻な結果を招くかもしれない。

犯行の件数が多いわりに、犯人についての情報は乏しかった。ほとんどの被害者が死角から不意打ちされており、逃げていくうしろ姿しか見ていない。公開された似顔絵は、きわめて特徴の薄いものだった。小さな市とはいえ、犯行現場はY市のほぼ全域に分散しており、犯人の生活圏を絞り込むのは難しい。車を使っているとすれば、市外の人間かもしれなかった。なかなか検挙できずにいる警察に業を煮やしたのか、一部の自治会が自警団を結成し、犯人捜しに乗り出したという話も伝わっている。

始業十分前だ。そろそろ配置先に行かなくてはならない。鏡の前で、白いユニフォームにクリーナーをかけた。通路のシートシャッターをくぐる。

大手製パン会社の巨大工場だ。食パンや調理パンはもちろん、洋菓子や中華まんなど、さまざまな製造ラインがある。一年中、稼働が止まることはない。

おれはドーナツのラインに向かっていた。人員が不足しているラインがあると、急遽《きゅうきょ》そちらに回されることもあるが、長期のバイトは配置先が固定されている。マリコもドーナツだ。

パン工場の仕事は楽ではない。ライン作業はせわしないし、焼き型や天板を運ぶ力仕事もある。そこそこ時給がいいので続いているが、過剰生産分のパンを食べ放題できる特典がなかったら、とっくに逃げ出しているだろう。

歩きながら、マリコが言った。

「なんか、無口だね」

「おれ?」

「寝不足?」

「それもあるけどさ」

ちょっと不愉快なことがあった。進んで話したくはないが、別に隠すことでもない。

「昼間、うちに刑事が来た」

「刑事? なんかしたの?」

「してねえよ。聞き込みに来ただけ。通り魔事件の」

「通り魔事件て、あの?」

「そう。あれ」

「タカハシんちの近くで起きたっけ」

「いや」

「じゃあ、なんで」

「タレこんだやつがいるんだよ。おれが通り魔事件の犯人だって」

刑事が訪ねてきたのは三時ごろだ。昨日も夜勤だったので、おれは布団の中にいた。耳栓をして、深い眠りに沈んでいたが、いきなり母親に揺り起こされた。

よろよろと部屋を出る。団地のせまい玄関に、男がふたり立っていた。警察手帳を示す。

「すいませんね。起こしちゃって」

首の太い、イノシシのような男が言った。意外と腰が低い。

「お尋ねしたいことがありまして」

「おれにですか……」

「いま、市内で通り魔事件が頻発してる。それはご存じですね」

「はあ」

「このあたりで、不審な人物を見かけたことはありませんか」

ちょっと驚く。おれの住んでいる地域では、これまでのところ通り魔事件は起きていない。犯行現場周辺だけでなく、市内全域で聞き込み捜査を行っているのか。

特に怪しい人物を見たことはない。そう答えたが、なんとなく引っかかる。それを訊きたいだけなら、母で十分だったはずだ。なぜわざわざ、おれを叩き起こしたのだろう。

答えを聞いても、刑事は立ち去ろうとしなかった。観察するような視線を、じっとおれに注いでいる。

「お母さんに伺いましたが、夜勤をされてるそうですね」

「はあ」

「どちらで」

「J社のパン工場です」

「ああ、あそこね。もう長いんですか」

「半年くらい」

「卒業してから、ずっと？」

「いえ。浪人して予備校に行ってたんですけど、受験をあきらめて、しばらくニートをしてたんで」

ようやく目が覚めてきた。おそらく刑事は、たまたまうちに立ち寄ったのではない。おれの家だと知った上で、おれに会うためにやってきたのだ。

ニュースでは犯人像を伝えている。十代後半から三十代、身長一七〇から一八〇、黒っぽい服装をした、やせ型の男。おれはもろに合致する。近所の誰かが警察に通報したに違いない。報道が大きくなるにつれ、いずれこんなことになりそうな、そこはかとない不安を感じていた。

「週五日ですか」

「ええ。月曜と木曜が休み」

「夜の何時から」

刑事はあくまで低姿勢だったが、眼光は刺すように鋭かった。もうひとりの男は、にこりともしない。

居間の入口から、母が心配そうに見守っている。おれが何かしでかしたと思ったのか。情けないような、もどかしいような気持ちになる。

「出ましょうか」

刑事を促して外に出た。母の視線が重かったのだ。三階の外廊下に、十一月の冷気が吹きつける。

ふと気配を感じた。いくつかドアをはさんだ先に、数人の女性が集まっている。この棟の主婦たちだ。うらに刑事が来たことを嗅ぎつけたのか、ひそひそと囁き合っている。見世物にされたようで面白くなかったが、いまはそれどころではない。刑事の質問に答える。

「夜九時からの勤務です。うちを出るのは八時ごろ。工場に着いてから、ユニフォームに着替えたりしないといけないので」

「車で？」

「いえ、原チャリで通ってます」

もしかすると刑事たちは、本気でおれを疑っていたわけではないのかもしれない。通報があったので、一応ようすを見に来ただけではないか。ひととおりのことを訊くと、案外あっさり引き上げていった。何か気になることがあったら、署に連絡くださいと言い残した。

テレビのワイドショーでは、犯人像の分析が行われている。それによると、犯人はひとり暮らしであるらしい。これだけ犯行を重ねていたら、同居人に気づかれないはずがないという。それが当たっているとすると、おれは対象外ということになる。両親と弟の四人暮らしだ。

廊下にたむろしていたおばさんたちは、ちょっとがっかりしたようだった。おれが警察に連行される場面を期待していたのかもしれない。それを尻目に家に入る。布団にもぐりこんだが、気分がもやもやして、そのあとは寝つけなかった。

ドーナツのラインに着いた。マスクをつけ、水道で手を洗う。使い捨てのゴム手袋をはめた。列に並んで、服装のチェックを受ける。

おれとマリコは生地を成形する係になった。社員が下準備をしているので、ラインはまだ動いていない。

「いまのうちに自首したら?」

「おまえな」

「でも、よかったじゃん。容疑が晴れて」

「どうかな」

「だって、刑事はすぐ帰ったんでしょ？」

「いまごろおれのこと、徹底的に洗ってるかもしれない」

一連の通り魔事件は、午後から夜にかけて発生している。おれが家で寝ている時間帯だ。家族がいればアリバイを証明してくれるが、父は会社だし、曜日によっては母もパートに出ている。受験生の弟は、予備校通いで帰りが遅い。

つい自嘲的になる。

「今日だって、いつもより早くうちを出れば、ここに来る前に○○町に寄れたわけだし」

マリコは眉をひそめた。

「なんか、疑ってもらいたいみたい」

「そんなわけねえだろ」

「だったら堂々としてれば？　びくびくしてると、かえって怪しまれるよ」

「びくびくしてねえし」

「してるじゃん」

おれは笑ってごまかした。

「ニート歴があると、ひがみっぽくなるんだよ。世間の目が厳しいからさ。いまもフリーターだし」

「あたしもフリーターなんだけど」

「おまえはいいんだよ」

「どういう意味よ」

マリコはトリマーになりたいらしい。バイトで金がたまったら、学校に行って資格を取るそうだ。おれと違って、将来の展望を持っている。

おれにも夢があった。法律を勉強して、弁護士になりたいと思っていた。しかし希望の大学の入試に失敗した。翌年も挑戦するつもりで浪人生活を送っていたが、夏ごろから急にやる気が失せた。入試に失敗するようなぼんくらが、難関の司法試験を突破できるはずがない。悶々と過ごすうちに、自分が本当に弁護士になりたいと思っているのか怪しくなった。その颯爽《さっそう》としたイメージに、漠然とした憧れを抱いているだけではないか。勉強に身が入らず、予備校に足が向かなくなった。

当時は親とかなり揉めた。弁護士になるかどうかはさておき、ともかく大学に入れと言う。しかし目的もないまま進学して何になるだろう。それなら職人に弟子入りして、手に職をつけた方がよっぽどいい。結局、親がさじを投げ、おれはニートになった。職人を目指すといっても、どの道に進んだらいいのか見当がつかず、半年間ぶらぶらした。夜勤を始めたのは、さすがにこれではまずいと思ったからだ。せめて親に経済的負担をかけないようになりたかった。少しずつでも貯金して、ドブに捨てた予備校の授業料を返済したい。マリコに話すと、殊勝な心がけだと褒められるが、ほかにやるべきことを思いつかないというのが、正直なところだった。

マリコが話を戻した。

「通り魔事件て、十回以上あったじゃん。一回もアリバイないわけ？」

「模倣犯がいるかもしれないって言われてるだろ。犯人が複数いるとしたら、一回や二回アリバイがあっても、完全にシロにはならねえよ」

声が大きかったのか、女性社員に睨まれた。マリコは声をひそめる。

「でも、誰だろうね」

「ん？」

「タカハシのこと、警察にチクったやつ」

心当たりがないでもなかった。思い出しただけで、うんざりした気分になる。

「うちと同じ階に、むかつくババアがいるんだよ。そいつと娘が、親子でおれを毛嫌いしてる」

「親子で？　どういうこと？」

それは、おれがニートだったころのことだ。何日も雨が続いて、部屋に干しきれないほど洗濯物がたまっていた。夕食後、母はおれにカゴを押しつけ、近所のコインランドリーに行くよう命じた。

乾燥機に衣類を放り込んで、おれは丸イスでマンガを読んでいた。機械は目下フル稼働中だが、ほかに客の姿はない。白々と明るい店内に、ふいに女が駆け込んできた。

顔見知りだった。団地の同じ階に住む、二十代のＯＬだ。なんとなく取っつきづらいのは、つんと取り澄ましたようなキツネ顔のせいか。廊下ですれちがうとき会釈する程度で、言葉を交わしたことはない。

女性は乾燥機を眺めていた。ふと、おれに目を向ける。

「これ、おたくの？」

そうだと答える。おれの前にそこを使っていたらしく、洗濯物が残っていなかったかと訊く。なかったようだと答える。

女性は納得していないようだった。ぐるぐる回る洗濯物を見つめている。やがて背中を向けると、何も言わずに出ていった。

帰宅後、部屋で寝転がっているところへ、母がやってきた。洗濯物をたたんでいたらしい。レースのついた、サテンの下着を持っている。

「なにこれ」

「母ちゃんのだろ」

「違うわよ」

乾燥機はからっぽだと思ったが、蓋のかげに一枚残っていたのだろうか。おれはコインランドリーでの出来事を話した。母は肩をすくめると、OLの家に下着を返しに行った。

それ以来だった。OLはおれを忌避するようになった。エレベーターの前で遭遇しても、一緒には乗ろうとしない。ドアをあけて待っているのに、そっぽを向いている。同じ空気を吸うのもいや、といったようすだった。

OLの母親はもっとひどかった。ほかの主婦と立ち話をしているとき、おれが通りかかると、聞こえよがしに下着泥棒の話をした。コインランドリーでは用心した方がいいと言っている。おれを名指しするわけではなかったが、何を言いたいか歴然としていた。おれは、バカ正直に下着を返しに行った母をうらめしく思った。さっさと捨ててしまえばよかったのだ。

マリコは言う。

「なにそれ。濡れ衣じゃん」

そして、思いついたようにつけたす。

「ものが洗濯物だけに」

「つまんねえよ」

当時、世間を騒がせていた事件がある。無職の若い男が、同じ団地に住む女児を、いたずら目的で部屋に連れ込んだのだ。抵抗されて首をしめた。OLと母親は、犯人とおれを重ね合わせたのかもしれない。ニートという共通点だけで同一視されるのは不本意だったが、抗議するのも空《むな》しい気がした。ニートであることを、おれ自身がうしろめたく思っていたからだ。

ババアは何人に話したのだろう。やがて両親の耳にも入った。風評には取り合わないと決めたようだが、おれはますます肩身がせまくなった。

昼間、うちに刑事が訪ねてきたとき、廊下におばさんたちが集合していた。その中にババアの顔もあった。あいつがタレこんだのだとしても不思議はない。きっと団地じゅうに、おれが通り魔だと言いふらしているのだろう。

「なんで今日になって通報したの」

「知らね」

「もっと前でもよかったじゃん」

「こないだババアとすれちがったとき、思わず睨んじゃったからさ」

「それだけのことで？　名誉毀損《きそん》で訴えなよ」

冗談めかしているが、マリコは本気で怒っているようだ。社員がバイトに横柄な口をきいたりすると、自分が言われたのでなくても食ってかかる。けっこう正義感が強いのだ。

「あんまり騒ぎ立てたくない。かえって警察に目ぇつけられそうだし」

「弱気ねー」

「ババアも本気でおれを疑ってるわけじゃないかもしれない。いやがらせで通報しただけかも」

「よけい悪いわよ」

ラインが動き出した。切り分けられた生地が流れてくる。手もとが忙しくなって、おれもマリコも口を閉ざした。


布団の上から揺さぶられた。おれを呼ぶ声がする。何日か前にも、同じことがあったような――

深い眠りから引きずり出されて、重いまぶたを持ち上げる。枕もとの時計を見た。

「まだ三時じゃん」

帰宅して風呂に入ったあと、テレビを見たり携帯をいじったりして、床についたのは昼すぎだった。今夜もバイトなので、夕食の時間まで寝るつもりだった。

母の声は切迫していた。

「変な人がいるの」

「あ?」

「ちょっと来て」

のそのそと起き上がる。タンスにぶつかりながら部屋を出た。母はベランダに立ち、おれが行くのを待っている。

よく晴れた日だった。午後の光が目にしみる。母が指さす先を見た。

団地の敷地の横、一戸建てが立ちならぶ住宅地との間に、シルバーのセダンが停まっている。運転席に人影が見えた。日頃そこに駐車する車はないので、くっきりと異物感を放っている。

「うちを見張ってるみたいなの」

「まじ?」

「若い男の人。さっきは車の外にいたの。洗濯物を干そうとしてベランダに出たら、目が合ったの。ずっとこっちを見てたってことよね。すぐにいなくなったけど、いま見たら、また停まってるの」

即座に思った。警察の張り込みではないか。先日訪ねてきたばかりだ。

「刑事じゃね? おれを見張ってんのかも」

「大学生みたいな人よ。刑事には見えなかった」

たしかに警察なら、素人に見抜かれるような、うかつな張り込みをしないだろう。不法侵入を問われる心配はないのだし、見張りたいなら団地の敷地の中で見張ればいい。そうなるとマスコミだろうか。警察が嫌疑をかけているという情報をつかんで、おれの身辺を探っているのか。

母が言う。

「通り魔じゃない？」

「まさか。こんなおっちょこちょいなら、とっくに捕まってる」

車が動き出した。見られていると気づいたのだろう。建物の間に消える。

「また戻ってくるんじゃないかしら」

寒いので中に入った。母がついてくる。

「どうしたらいいと思う？」

「ほっとけよ」

おれは投げやりな気分になっていた。警察に疑われるならまだしも、野次馬のような連中に嗅ぎ回られるのは腹立たしい。

「でも、気持ち悪いわ」

「だったら通報すればいい。通り魔だって言えば、刑事がすっ飛んでくる」

寝床に戻って布団をかぶった。いやな出来事を頭から追い払う。当面、何も考えたくない。

アラームで目を覚ました。一度起こされたあとは、眠りが浅かったらしい。ずっとつまらない夢を漂っていた。

食卓について、用意されていた夕食を口に運ぶ。父と弟はまだ帰っていない。

母が言った。

「警察を呼んだの」

「へ？」

「お巡りさんがふたり来たわ。例の車が戻ってきてたから、すぐ職務質問に行った」

まさか本当に呼ぶとは思わなかった。警官は車の男と話したあと、仔細に報告してくれたという。

「何者だよ」

「刑事じゃなかった。やっぱり大学生ですって。＊＊地区に住んでるそうよ」

隣の地区の大学生が、なぜおれを見張っていたのだろう。心当たりはないが、バイト先の知り合いだろうか。

「法学部ですって。弁護士志望かしら」

母の皮肉を無視して繰り返す。

「何者だよ」

「自警団のメンバーみたい」

「自警団？」

「＊＊地区で通り魔事件があったじゃない？　そのあと住民が結成したらしいの。町内をパトロールしたり、不審者を見張ったりしてるそうよ」

「不審者を見張る？　民間人がそんなことしていいのか」

「それだけ危機感を持ってるってことでしょ。目をつけられたら怖いけど」

正義の味方になったつもりで、不審者であるおれを見張っていたというのか。不快感が込み上げる。

「やっぱり、おれを見張ってたんだな」

「はっきり誰とは言わなかったみたい。この辺で不審者の目撃情報があったから、パトロールしてただけだって」

「自分が不審者じゃん。警察は逮捕しないのか」

「学生証や免許証を持ってたから身元ははっきりしてるし、すごく協力的だったそうよ。団地の人が気味悪がってるって言ったら、すぐ帰りますって」

「面白くねえ」

「自警団の代表者の人も身元を保証したそうよ」

「代表者？　来たのか？」

「ううん、大学生が電話したの。＊＊で会社をやってる人で、お巡りさんも名前を知ってたみたい。自警団の活動については警察署長に話を通してあるって、雷を落とされたそうよ」

「明日も来たりしないだろうな」

「たぶんね」

八時になった。なんとなくすっきりしない気分で家を出る。エレベーターで一階に降りた。

いつものことながら、うす暗い照明に気がめいる。古い団地の玄関ホールは寒々しい。

ふと足をとめた。めずらしく人がいる。集合ポストの前だった。こちらを見ているので、いやでも目が合う。

壮年の男だった。思わず目をそらしたが、男はおれの動きを追っている。前を通り過ぎようとしたとき、口をひらいた。

「高橋勇斗《たかはしゆうと》君だね」

驚いて立ち止まる。あらためて目を向けた。最近、この年代の男がみんな刑事に見える。

「そうですが……」

日に焼けて赤黒い顔に、彫ったような深い皺が刻まれている。見るからに〝叩き上げ〟といった風貌だ。最前から無遠慮におれを観察しているが、悪びれたようすは微塵もない。堂々とした闘士型の体型で、向かい合うと威圧感があった。作業用の防寒ジャンパーを着ている。

男は言った。

「すまなかったな。うちのメンバーが迷惑かけて」

何のことかわからない。戸惑っていると、懐から名刺を取り出した。コダマ運送株式会社、代表取締役社長、児玉《こだま》日出《ひで》之《ゆき》とある。住所は＊＊地区だ。

おれは気づく。＊＊で自警団が結成されたと言っていた。この男が代表者なのか。

「うちの地区で通り魔事件があった。二度と同じことが起きないよう、自警団を作った。大勢の有志が参加してる。勤め人は時間の自由がきかないから、ひまを持て余してるリタイア組と、市民意識の高い学生が中心だ」

おれに何の用だというのだろう。再発防止は結構だが、人権無視の自警団とは、あまり関わり合いになりたくない。

「あの学生も熱心なメンバーだ。今日は体が空いてるというので、おれが車を貸して張り込みを頼んだ。ちょっと張り切りすぎたようだがね」

「おれを見張らせたんですか」

「そうだ」

言葉につまる。男が平然と認めたからだ。

「この団地に、古くからの知り合いがいてね。きみのところに刑事が来たと聞いた。ただの聞き込みではなかったようだ」

それでおれを見張ることにしたのか。だんだん腹が立ってくる。一体どんな権利があるのだ。

「きみにはあまりよくない噂があるね。コインランドリーで女性の下着を盗んだとか」

「な――」

「夜になると、ふらふら出かけていくそうじゃないか」

それは夜勤の仕事をしているからだ。反論しようとするが、頭に血がのぼって言葉が出ない。

「いや、きみがパン工場で働いてるのは知ってるよ。何日か監視させてもらったからね。生活パターンは把握してる」

愕然とした。監視は今日に始まったことではなかったのか。

「我々が監視するようになってから、きみはおかしな真似をしていない。だがその間、通り魔事件も起きていない。もし起きていれば、その件に関してはシロだと言えるがね」

ようやく口がきけるようになった。

「おれじゃない」

男は聞いていなかった。自分の言いたいことを言う。

「こんなことは本来警察の仕事だ。一般市民が口を出すようなことじゃない。でももう、やつらのような無能には任せておけない。最初の事件から二ヶ月たつのに、いまだに犯人を捕まえられないでいる。こうなったら自分たちでやるしかない。町じゅうをパトロールして、不審者や変質者を見つけたら、徹底的にマークする」

それは男の勝手だが、やるなら地元でやればいい。どうして隣の地区まで出しゃばってくるのだ。

「ここは＊＊じゃない」

「そこに不審者がいるとわかってるのに、みすみす放っておけるか。そいつが犯人かもしれないのに」

言葉を失う。おれに疑惑を抱いているだけでなく、敵意を燃やしているようだ。

「やりすぎだと言うやつもいるかもしれない。でもおれには理由がある。いや、権利がある」

不愉快なことを思い出したように、男は顔をしかめた。

「きみも知ってるだろう。＊＊で通り魔事件があった。先月の終わりだ」

ぞんざいにうなずく。

「被害者はおれの娘だ」

「え？」

「娘は高校生だ。部活が終わって、自転車で家に帰る途中だった。ひとけのない道に入ったとき、電柱のかげに隠れていた男がナイフを突き出した。刃先が当たって、腕を切られた」

ニュースで見たのを思い出す。いまのところ、うちから一番近い場所で起きた事件だ。

「テレビでは命に別状ないと言っていたが、命さえ無事なら、何もなかったことになるわけじゃない。娘は驚いてバランスを崩した。自転車ごとガードレールに突っ込んだ。顔を切って、十針縫った。痕が残るかもしれない」

「…………」

「帰り道に気をつけるよう言うべきだった。ほかの地区で通り魔事件が起きているのは知っていたが、まさか自分の家族の身に降りかかるとは思わなかった。こんなことになるなら、車で送り迎えしてやればよかった」

男の無念さはわからないでもないが、おれの知ったことではない。そろそろ行かないと遅刻してしまう。話を締めくくるつもりで言った。

「おれは犯人じゃありません。もう張り込みはやめてください。迷惑なんで」

男はおれを睨んだ。そして言い切った。

「そうはいかない」

「は？」

「きみはニートだったそうだな」

「――それが何か」

「仕事もせずに家でぶらぶらしてたんだろ。いい歳をして、親に食わせてもらって」

「いまは働いてますが」

「バイトだろ。大して変わらない」

言い返せないおれに、男はたたみかける。

「おれは信用しない。そんな人間にろくなやつはいない」

相手にする気をなくした。何を言っても通じそうにない。

「平日の昼間に事件が起きたこともある。きっと通り魔はニートだろ。家にこもって、劣等感だけを膨らませて、人と関わろうと思ったら、ナイフで切りつけることしかできない」

「おれがそうだって言うんですか」

「それを確かめさせてもらう。悪いが、これからも監視を続ける」

男は自分の会社を持っている。一代で築き上げたのだとしたら、きっと若いうちからがむしゃらに働いてきたのだろう。おれのような、その日暮らしの生き方を理解できないに違いない。

「自警団を始めてみてわかった。世の中には、きみみたいな半端者がたくさんいる。特に怪しいやつには監視をつけてるが、いくらメンバーがいても足りない」

男は最初、おれに詫びたのではなかったか。迷惑をかけてすまなかったと言ったはずだ。謝罪するふりをして、本当の目的は、おれを牽制《けんせい》することだったのか。

「警察に言います。プライバシーの侵害だ」

「言いたければ言えばいい。誰が何と言おうと、おれはやるべきことをやる。自警団が駄目なら、自分の金を使ってでも人を集める。必ず犯人の尻尾《しっぽ》をつかむ」

もうどうでもよくなった。憤りより、むしろ空しさに襲われた。男を残して駐輪場に向かう。

原チャリにまたがり、エンジンをかけた。盛大に吹かしたい気持ちを抑えて、玄関の前を通り過ぎる。

明かりを背にした男の影が、じっとおれを見送っていた。

高校時代の友人たちと飲んだ。夜勤を始めて生活時間が合わなくなったが、電話ではときどき話している。もともと何人かで集まる予定だったらしく、今日は休みだと言うと、おまえも来いということになった。

自警団の代表者が現れて数日たつ。おれの監視を続けると宣言したわりに、それとおぼしき人物や車を見かけない。警察を呼んだことが効いたのか、それとも素人には見抜けないほど、張り込みが上手くなったのか。

電車でターミナル駅に出た。ひさしぶりに繁華街を歩く。居酒屋で友人たちと盛り上がった。近況を訊かれたが、おれには話すほどのことがない。ある男の合コンでの失敗談など、バカ話に笑っているときが楽しかった。

通り魔事件の話も出た。市内の出来事なので、みんな気になっているのだろう。おれはうちに刑事が来たことや、自警団のことを話さなかった。まだ、笑い飛ばす気になれなかったのだ。

カラオケに行こうという声もあったが、明日は平日の金曜だ。朝一で大学の講義がある友人もいたので、わりと早い時間でおひらきとなった。地元の駅に着いたのは、十時を少し回ったころだった。

歩いて団地に向かう。シャッターの下りた商店街を通り抜け、整然とした住宅街に入る。酔いの残った体に、冷たい空気が心地良い。

あたりは静まり返っていた。窓明かりがぽつぽつ浮かんでいるだけで、路上に人影はない。同時に駅を出た人々は、途中の角を折れたのか、いつのまにかおれひとりになっている。

急に心細くなった。街灯の少ない路地だった。民家の門柱や庭木のかげに、何者かが潜んでいそうに思われる。これまで男性が通り魔の被害に遭った例はないが、いつまでもそうとは限らない。

無人だと思っていた道に、ふいに歩行者の姿を見つけて驚く。三十メートルほど先を、おれと同じ方向に進んでいた。女性のうしろ姿だと気づいて、目を疑う。

このご時世にひとり歩きするとは、まさか通り魔事件を知らないのか。警察が警戒を強めたらしく、ここ十日ほど新たな事件は起きていないが、それにしても無防備だ。呆れながら眺める。暗がりを抜け、うしろ姿が街灯の光に入った。おや、と思う。

女性はトレンチコートの上に臙脂《えんじ》のマフラーを巻いていた。黒いトートバッグを提げている。その取り合わせに見覚えがあった。

あの女だった。団地の同じ階に住む、バカ親子の娘の方――おれに下着泥棒の汚名を着せたOLだ。そう思って見直すと、背格好も髪型も、あの女のそれにほかならない。

いつもこの時間に帰宅するのだろうか。それとも残業か何かで、たまたま遅くなったのか。おれの前を歩いているということは、一本前の電車で駅に着いたのかもしれない。

女が歩いている理由が察せられた。団地までは徒歩十分。タクシーを使うほどではないし、多少不安はあっても、思い切って歩いてしまおうと思う距離なのだ。誰しも自分が事件の当事者になるとは考えない。

あまりに無防備ではあるものの、それでもまったく無警戒ではないらしい。女は足をとめて振り返った。人の気配を感じたのだろう。再び歩きはじめたとき、それまでより歩調が速くなっていた。

おれだと気づいたかもしれない。やれやれ、と思う。下着泥棒に続いて、通り魔の疑いまでかけられたのではたまらない。おれは路上にとどまって、女をやりすごすことにした。

うしろ姿が次の街灯に向かう。完全に見えなくなるのを待つが、かかとの高い靴のせいか、女の足は遅かった。なかなか距離が広がらない。

さっさと行ってしまえばいいものを、気がかりそうにちらちらと振り返る。おれはだんだんいらいらしてきた。人を疑う前に、タクシー代をケチるなと言ってやりたくなる。

大体この寒い中、どうして突っ立っていなくてはならないのだ。おれは何もしていない。むしろ被害者だ。女に濡れ衣を着せられ、近所にデマを流された。そのせいで警察に目をつけられ、自警団を名乗るおかしなおっさんにからまれた。

おれは酔いから醒めていなかったのだろうか。女がもう一度振り返ったとき、とうとう我慢できなくなった。足を前に踏み出す。

別に、女をどうこうしようと思ったわけではない。ただ思い知らせてやりたかったのだ。少しぐらい脅かしても、この際バチは当たらない。

おれが歩き出したのを見て、女は衝撃を受けたようだった。もう一段階、速度が上がる。おれは当初の距離まで近づき、その間隔を保った。

女の動揺が見て取れる。せわしなく足を動かしながら、バッグに手を突っ込んだ。携帯を捜しているのだろう。おれは一瞬ひるむ。警察を呼ばれたりすると厄介だ。しかし性急な怒りが、おれを猛然と駆り立てていた。何も恐れる必要はない。ただ道を歩いているだけで、何ひとつ違法なことをしていない。

女はバッグをまさぐっている。まだ携帯が見つからないのだ。緊張に耐えられなくなったのか、一目散に走り出す。慌てふためくうしろ姿を、おれは冷やかに見送った。

それまでまっすぐ伸びていた道が、先の方で大きくカーブしている。生け垣のかげに隠れて、女が見えなくなったときだった。

車のエンジン音が聞こえてくる。それに続いて、鈍い衝撃音がした。

胸が騒いだ。昂《たか》ぶっていた気持ちが一気に冷める。おれは足を速めて、道の先の交差点に出た。

白いミニバンが停まっている。長い坂道の頂上だった。加速をつけて登ってきたのだろう。

ドライバーと思われる男が、車のかたわらに立っていた。呆然と道のはしを見つめている。そこに女が倒れていた。

同乗者はいないらしい。男はおれに目を向けた。怯えたような表情だった。

「この人が急に飛び出してきて……」

女はあおむけに横たわっている。バッグが投げ出され、中身が地面にこぼれていた。身動きしていないので、生きているのか死んでいるのかわからない。

この場からいなくなりたかった。おれはまったく関係ない。女が勝手に走り出して、勝手に車に飛び込んだのだ。しかしドライバーに顔を見られてしまった。素知らぬふりをして立ち去ったら、何か疚しいことがあると疑われる。

あっ、という声がした。道に面した二階屋のベランダだった。物音を聞きつけ、住人が外をのぞいたのだろう。家の中でバタバタと音がして、玄関のドアがひらいた。初老の男女が飛び出してくる。

妻と思われる女性が言った。

「何してるの。早く救急車を呼ばなくちゃ」

ドライバーがぼんやりしているのを見て、女性は玄関に振り返った。そこにいる家族に向かって、救急車！　と叫ぶ。

夫の方は女のそばに屈み込んでいた。

「まだ息があるぞ」

それに答えるように、女が呻き声を上げる。

住人の女性がおれを見た。

「あなた、この人のお連れ？」

「いえ……」

けげんそうな顔をされ、どもりながら答える。

「たまたま通りかかっただけです」

女は意識を取り戻したようだ。体を起こそうとして、男性にとめられる。

「駄目だ。動かない方がいい。じきに救急車が来るから」

女は首だけ起こして、ぎくしゃくとまわりを見回した。まだ朦朧《もうろう》としているのだろう。

その目がこちらを見た。おれは逃げ出したくなる。

「あいつが……」

「ん？」

男性が訊き返す。

女は片手を持ち上げ、指先をおれに向けた。

「あいつが、私を追いかけた……」

「え？」

夫婦と、そしてドライバーの目がおれに集まる。もう通行人のふりをすることはできなかった。

やがて、遠くからサイレンの音が聞こえてきた。


いつしか周囲に人だかりができていた。近隣の住民たちだ。好奇の目に見送られ、女を乗せた救急車が遠ざかる。

現場には数台のパトカーが来ていた。ドライバーが取り調べを受けている。最初に駆けつけた夫婦から、女の証言が伝わったのだろう。おれは足止めを食っていた。

女を追ったのかと尋ねられる。当然否定したが、警官は疑わしそうだった。おれが何もしていないなら、女が根も葉もない嘘をついたことになる。

しらばっくれるわけにはいかないので、同じ団地に住んでいることを話す。女はおれに下着泥棒の疑いをかけており、以前から警戒感を示していた。うしろを歩いているおれを見て、追われていると誤解したのだと説明する。

警官の目が鋭くなった。一段と疑惑を深めたらしい。復讐を企んだおれが、帰り道で女を待ち伏せしたと思ったのかもしれない。

通り魔のことも念頭にあったはずだ。じかに手を下したのではないにしろ、意図的に車に飛び込ませたとすれば、れっきとした犯罪行為だ。新手の通り魔事件と言える。少し遅れて、現場に刑事が到着した。同じ質問が繰り返される。おれも同じ釈明を繰り返した。急に飲み会に誘われて、その帰りにたまたま通りかかっただけだと主張する。刑事の反応は、警官のそれと同じだった。

友人たちの連絡先を訊かれた。裏を取るつもりだろう。まず家に電話したらしく、ほどなく父がやってきた。青ざめた顔をしている。おれはひたすら気まずかった。どうなることかと思ったが、身元の確認が取れたので、とりあえず帰っていいということになった。

帰路、父は何も言わなかった。叱るべきか慰めるべきか、判断がつかなかったのだろう。終始、むすっとしていた。

翌日、その翌日と、おれは落ち着かない気分で過ごした。いきなり刑事が訪ねてきて、任意同行を求められるのではないか。女が執拗に言い立てたら、疑惑が再燃することも考えられる。

三日目になった。何も動きがないので、おれはひとまず安堵《あんど》する。もしかすると警察は、通り魔の特定につながる有力情報をつかんでいるのかもしれない。それに合致しないので、おれは嫌疑を免れたのではないか。

だが、警察の目を逃れられれば、それで安心というわけではない。もっと厄介な連中がいることを、おれはよく知っていた。

夕方だった。いつもより早い時間に揺り起こされた。母がパートから帰ってきたのだ。

「ちょっと来て」

寝ぼけたまま、ふらふらとついていく。母は玄関を出た。おれがスニーカーを突っかけるのを待って、いま出たばかりのドアを指さす。

表面に異変があった。黒い文字が書き殴られている。油性のマジックだろうか。人殺し、死ね、通り魔、出ていけ、と読めた。

「なんだこれ」

「やられたわね」

例のOLはまだ入院している。母が見舞いに行ったところ、OLの母親に追い返された。おれが娘を殺そうとしたと思い込んでいるらしい。

ドアのメッセージは、明らかにおれに向けられたものだった。よもや本人のしわざではあるまいが、OLの母親の言葉を真に受けた人間の犯行だろう。ババアはいっそう声高に、おれが通り魔だと触れ回っているに違いない。

「警察に言うわ」

「無駄だよ。この程度のことじゃ動いてくれない」

防犯カメラは玄関ホールに設置されているだけで、この階の映像は撮られていない。

犯人の特定は難しい。

母は管理人に知らせに行くという。できることはそのくらいだった。おれは家に入ったが、もう布団に戻る気になれなかった。

落書きは母が消した。翌朝おれが帰宅したときには、すっかりきれいになっていた。一応父に見せてから、タワシでこすり落としたという。

しかし無駄だった。母がパートから帰ると、再び中傷の言葉が書き連ねられていた。管理人も一日じゅう見張っているわけにはいかない。いたちごっこになるとわかっていても、もう一度消すしかなかった。

団地の住人たちの視線は冷たかった。おれと廊下で行き合うと、あからさまによけたり、急いで家に引っ込んだりした。下着泥棒のデマのときにはババアに耳を貸さなかった人々も、二度目となると違うのだろうか。両親と弟が同じ目で見られていると思うと、いたたまれない気持ちになった。

夜、パン工場に着いたときだった。通行証を見せて中に入ろうとすると、正門の前を車が通り過ぎた。同じ車種、同じ色の車を、団地のそばで見たような気がする。ひょっとしておれをつけてきたのか。

自警団に違いない。しばらく姿を見せなかったが、ＯＬの事件を知って、おれの監視を再開したのか。あえて自分たちの存在を見せつけることで、監視対象にプレッシャーを与えようとしているのか。

何度消しても、ドアへの落書きは繰り返された。いまさらババアに抗議したところで始まらない。おれがOLを襲ったという噂は、団地内にとどまらず、自警団のいる隣の地区にまで伝わっている。犯人の特定どころか、絞り込むことさえ難しい。

筆跡が毎回違う。犯人は複数いるのだ。ひとり捕まえても、それで収まるかどうかわからない。

最初はマジックで書かれていたが、あるときから赤いペンキのスプレーに変わった。おれを糾弾しているつもりか、それとも面白半分のいたずらか。内容はあいかわらず、通り魔は出ていけ、死ね、というものだった。

うちの前に、自前の防犯カメラを設置することも考えた。しかし無意味だろう。うちのドアが駄目なら、団地のほかの場所に書けばいい。かえって近所に迷惑をかけることになりかねない。

毎回、落書きは母が消した。絶対おれにはやらせなかった。人に見られたらみじめだからだという。気丈にふるまっていたものの、母の口数は次第に減った。見えない敵との戦いに疲れてしまったのかもしれない。おれは責任を感じずにいられなかった。

両親は弟を心配しているようだった。大学受験を控えた弟が、勉強に集中できなくなることを恐れていた。兄が人生につまずいていたので、そのぶん期待が大きいのだろう。

バイトが休みの日、帰宅した父が部屋に入ってきた。

「ちょっといいか」

正面に座り、おれの目を見て切り出す。

「おまえ、家を出ないか」

「…………」

同じことを考えていたのでショックはない。落書きに屈するようで癪だが、それ以外に手はないだろう。

「こんな状態じゃ、怜二《れいじ》が落ち着いて勉強できない。母さんも参ってる」

「ああ」

「とりあえず、受験が終わるまででいい」

おれとしても、自分のせいで弟に挫折してほしくなかった。ニートはひとりでたくさんだ。

「金は父さんが出す。部屋を探してやろうか」

「いや、自分で探すよ」

「そうか。追い出すようで悪いが、わかってくれ」

同じ夜だった。弟が部屋にやってきた。父から話を聞いたのだろう。

「兄貴、家を出るのか」

「ああ。いつまでも実家暮らしじゃな」

「悪いな。おれのために」

「いや、おれのせいだ」

「兄貴じゃねえよ。もとはと言えば、通り魔のせいだろ」

「まあ、そうだが」

「もしかしたら、おれが通り魔の疑いをかけられてたかもしれない」

兄弟だから当たり前だが、おれと怜二はよく似ている。背もほぼ同じだ。通り魔の特徴はふたりに当てはまる。

「おまえにはアリバイがあるだろ」

「そうでもねえ。ちょくちょく予備校サボってるし」

「まじか。おまえらしくねえな」

似ていないのは怜二の方がまじめで、成績優秀である点だ。

「おれだって、やってらんねえと思うときがあるんだよ」

部屋を出ていくとき、怜二は笑って言った。

「もし受験に失敗しても、兄貴のせいにできるから助かるよ」

ネットで物件を探した。いっそのこと、誰もおれを知らない土地に行ってしまおうか。住所を突き止められて、ドアに落書きされる心配もない。

夜勤者のさがで、眠れないまま朝になった。ひとりで暮らすとなると物入りだし、いまバイトを辞めるわけにはいかない。パン工場のそばに部屋を借りるのが妥当だろうか。夜、いつもの時間に家を出た。エレベーターで一階に降りる。外に出たときだった。団地の前を横切る車の窓から、ドライバーが思わせぶりにこちらを見ていた。思わず舌打ちする。また自警団だ。何人かのメンバーが、入れかわり立ちかわり、別の車でうろついている。今日もおれを尾行するつもりか。

駐輪場の明かりの下、原チャリを出そうとして気づいた。タイヤがパンクしている。前輪と後輪の両方だ。何者かが穴をあけたのだ。

怒りが突き上げる。そこらのものを蹴りつけたくなった。落書きだけでは飽き足らず、さらにおれを痛めつけようというのか。

まったく、自警団は何をしているのだ。いつもうろうろしているくせに、駐輪場にいる不審者に気づかなかったのか。まさか、いたずらされているのがおれの原チャリだと知って、あえて見て見ぬふりをしたのか。

ふと疑惑がよぎる。もしや、パンクさせたのは自警団ではないか。やつらはおれを犯罪者と決めつけている。おれが相手なら、どんな卑劣ないやがらせをしても許されると思ったのではないか。ドアへの落書きを繰り返しているのも、あの傲慢な、正義面をした連中ではないか。

代表者の児玉という男を思い出す。娘に傷を負わせた犯人が憎いのはわかるが、少し行き過ぎているように見えた。本当の目的は再発防止ではなく、自らの手で犯人に制裁を加えることに相違ない。

きっとメンバーも同類だろう。代表者の姿勢に疑問を感じていたら、とっくに自警団を去っているはずだ。いま行動を共にしているのは、とりわけ過激な連中なのではないか。

怒りをぶつけてやりたかった。あたりを見回すが、こんなときに限って、自警団の車は見当たらない。

バイトに行くのもいやになった。いっそ今日は休んでしまおうか。しかしそれでは、やつらの思う壺にはまってしまう。

結局、弟のチャリを借りた。そちらはパンクしていなかった。いつもの倍以上の時間をかけて工場に着く。当然遅刻だった。

今日は洋菓子部門に配置された。生のバナナを大量に使うラインだった。一本一本皮をむくが、冷蔵されていたので氷のように冷たい。ゴム手袋をした手がかじかんだ。

バナナの皮で、ゴミ箱がすぐ一杯になる。捨てに行くよう命じられた。ポリ袋を満載したカゴ台車を押して、屋外の廃棄場に向かう。

息が白かった。月明かりの駐車場を突っ切る。配送のトラックで埋め尽くされるのは、もっと朝が近づいてからだ。

がらがらと音がした。向こうからカラの台車が近づいてくる。別のラインのゴミ捨て係だ。ふたり組だった。

ユニフォームでバイトとわかる。見たことのない顔だった。たぶん短期のバイトだろう。大声で笑い合っている。

すれちがおうとしたときだった。ひとりがおれの顔を見て言った。

「よう。通り魔」

一瞬ぽかんとする。自分のことだと思わなかった。振り返ったときには、台車は遠ざかっていた。

一体どういうことだ。団地ではすっかり犯罪者扱いされているが、これまで工場で面罵されたことはない。ついに噂が届いたのか。

ずっしりと重いポリ袋を、所定の場所に投げ込んだ。むかむかしながら建屋に戻る。さっきのやつを見つけたら、どういうつもりか問い質《ただ》さなくてはならない。

長い通路を歩く間、人々の視線が気になった。通り過ぎるおれを、それとなく目で追っている。ただの気のせいか、それともおれがいままで気づかなかっただけか。

バイトが数人、ぶらぶらと歩いてきた。休憩室に行くところだろう。同じラインで働いたことのある、吉田《よしだ》という男がいた。

にやつきながら、台車の前に立ちふさがる。

「今日はいいのかよ」

「何が」

「もうずいぶんやってねえだろ。そろそろ限界なんじゃね」

「何のことだ」

「通り魔だよ。女の血を見たいんだろ？」

おれは吉田に詰め寄り、胸ぐらをつかんだ。近くの壁に押しつける。積み上げられた番重《ばんじゅう》のかげだ。

「どういう意味だ」

吉田は顔を引きつらせた。

「放せ」

「誰に聞いた」

腕を払いのけようとするが、おれは力を緩めない。ほかの連中はおろおろするばかりだった。

「誰に聞いた。言え」

「ただの冗談だろ」

「冗談じゃ済まねえ」

「──バイトの水野《みずの》だ」

知らない名前だった。おれの知らないやつが、なぜデマを流すのだ。吉田は言う。

「誰かに頼まれたらしい。おまえを見張ってくれって」

「おれを見張る？」

「おまえが勤務中に抜け出して、女を刺しに行かないか」

「誰に頼まれた」

「おれが知るかよ」

吉田は逆上した。両手でおれを突き飛ばす。おれは踏みとどまって、もう一度つかみかかった。

そのときだった。怒声が飛んできた。年配の男性社員だった。

「おまえら、何をしている！」

おれは吉田から離れた。社員に目をつけられると厄介だ。すごすごと仕事に戻る。吉田は口の中で文句を言いながら、仲間に連れられて去っていった。

深夜になり、食事の時間になった。おれは広い社員食堂のすみに座った。ほかのテーブルに仲のいいバイトの姿があったが、楽しげな会話に合流する気になれない。吉田の一件のあと、ずっとくさくさしていたのだ。

味のしない飯を口に運んでいると、目の前の席に定食のトレーが置かれた。マリコだった。今日は別のラインだ。

「ここ、いい？」

「もう座ってんじゃん」

「なんかあったの？」

「ねえよ」

「あったんだ」

おれはため息をついて言う。

「自警団」

「自警団？　自警団て、例の？」

マリコには、これまでのいきさつをすべて話してある。むやみに言いふらしたりしないからだ。おれがOLを殺そうとしたと思われていることや、そのせいで自警団の監視が厳しくなったことも知っている。

「あいつら、毎日おれを尾行してる。でも門の中には入れない。いったん出社したあと、おれが別の出口から抜け出すと思ったらしい」

おれは吉田や、見ず知らずのバイトに通り魔呼ばわりされたことを話した。

「自警団がバイトに監視を依頼したってこと？」

「ひとりだけじゃないかもしれない。そいつがおれと別のラインに配置されたら、監視のしようがないからな」

「お金を渡して？」

「たぶんな」

マリコはまだ箸を取らずにいる。しげしげとおれを眺めた。

「それでか」

「ん？」

「さっき言われたのよ、社員の男から意味ありげに。彼氏も大変だなって」

「彼氏？」

「いつもタカハシとつるんでるから、つきあってると思われたかも」

「そいつも知ってるってことか」

「自警団に雇われたバイトの中に、口の軽いやつがいるようね」

思わず舌打ちした。不快感がぶりかえす。

「おれ、クビになるのかな」

「え？」

「だって会社としちゃ、通り魔を置いとくわけにいかねえだろ。実際に通り魔じゃなくても、そういう噂が立つだけで問題なんじゃね？」

「タカハシ……」

「クビになったら、別のバイトを探すだけだけどよ。そんなことで辞めさせられるのは腹立つ」

マリコは黙り込んだ。飯が冷めるぞ、と言うと、ひとくちだけ口に運んだ。

「自警団て、タカハシの迷惑を考えないの？」

「考えねえだろ。自分たちは正しいことをしてるつもりでいるからな」

「警察に言ったら？」

「言うよ。言うけど、そんなことで収まる連中じゃねえ」

「人権侵害だよ」

「あいつらにしてみりゃ、フリーターやニートに人権なんかねえんだよ」

マリコは再び黙り込んだ。自分の思いに沈んでしまったようだ。小さく洩らす。

「あたし、そういうの嫌い」

「ん？」

「そういう〝正義の味方〟気取りみたいなの、むかつく」

マリコは、何かを決意したように顔を上げた。

「タカハシには言ってなかったと思うけど、あたし、高校中退したのよ」

「そうなのか？」

「クラスメイトに、援交してる子がいたの。先生は知らなかったけど、生徒の間では噂になってた」

「援交って、つまり――」

「売春よ。あたし、その子と仲良かったから、そんなことしてほしくなくて、やめてって頼んだの。時間はかかったけど、やめるって約束してくれた。でもその矢先、誰かが学校にチクったの」

「その子は？」

「自殺したわ。まわりじゅうから責められて」

「え……」

「ほかにも援交してる子がいたみたいで、その子たちもチクられた。きっとチクったやつは、自分の正しさに酔ってたのね。でもあの子は被害者よ。おじさんたちの欲望の犠牲者。あんなふうに罰を受けるなんておかしい」

「………」

「なんかあたし、人間不信になっちゃって、それきり学校に行けなくなった」

言葉を失っているおれを、マリコはまっすぐに見返した。

「とっちめてやった方がいいんじゃない？」

「とっちめるって、自警団を？」

「そう」

「どうやって」

「あたしにアイデアがあるんだけど、乗る？」

おれは半信半疑だった。本当にそんなことができるのか。だがその疑問を、自警団に対する怒りが上回った。

マリコのアイデアを聞く。それはマリコの協力なくしては、絶対に実現不可能だった。そこまで巻き込んでしまっていいのかというためらいはあったが、本人はやる気でいてくれるようだ。

おれは、乗る、と答えた。


バイトが休みの日だった。友達に会うと言って、夕方家を出た。母は心配そうだった。そんな時間に外出すると、ますます自警団を刺激すると思ったのだろう。いい気になった男たちは、あいかわらずおれの周辺をうろついている。

ドアへの落書きは収まっていた。父が警察に相談し、一日に何度か、近所の交番の警官が巡回している。団地の治安は回復したものの、住人たちの視線は依然として冷たかった。おれに対する疑惑の根深さを痛感する。

一階に降りて外に出た。パンクはもう直っているが、今日は原チャリを使わない。徒歩で行く。

道の反対側に、見覚えのあるステーションワゴンが停まっていた。自警団だ。そこからうちのドアが見えるので、おれが家を出たことに気づいている。尾行の準備を整えて、一階の出口を注視していただろう。

休日の場合、おれの行動は予測できない。いつ外出するかわからないし、原チャリを使うかどうかもわからない。自警団はちゃんと備えていた。今日はふたりで張り込んでいたらしい。おれが歩き出すと、助手席の男が降りてきた。車では小回りがきかないので、徒歩で尾行するのだろう。

住宅地に入り、駅に向かった。藍色の夕闇が落ちている。ときおり人とすれちがうが、おれと同じ方向に進む人は少ない。

自警団がついてくる。行く先のわからない追跡に、緊張と不安を募らせているに違いない。それともいよいよ事件が起きそうだと見て、期待に胸を高鳴らせているだろうか。おれは黒いニット帽をかぶり、黒いダウンジャケットを着込んでいる。いかにも通り魔といったいでたちだ。おまけにジーンズのバックポケットに、十センチほどの膨らみがある。折りたたみナイフでも仕込んでいるように見えるだろう。

十字路に出た。駅に行くなら、ここで曲がる必要はない。まっすぐ行くと見せかけて、おれは横道に飛び込んだ。全速力で走り、次の角を折れる。

生け垣のかげに潜んでいると、足音が追ってきた。四つ角に足をとめ、息を弾ませている。しばらく逡巡《しゅんじゅん》したあと、道なりに走り去った。

おれは物陰から出た。いつもと違う経路で駅に向かう。まんまと自警団をまくことができた。

駅前の、がらんとしたロータリーに着いた。改札に近づく前に眺め渡す。駅の明かりから外れた一画に、特徴的な車体を見つけた。さっき団地の前にいたステーションワゴンだ。かたわらに男が立ち、携帯を耳に当てている。

尾行をまかれたという知らせを受け、急遽かけつけたのだ。敵ながら、迅速な行動に感心する。おれが駅に来るという読みも正しい。

ロータリーを突っ切る。携帯の男がこちらを見た。はっと息を呑んだのが、遠目にもわかる。おれは気づいていないふりをして駅に入った。肝心なのは、自警団をまくことではない。まくことができて、すっかり油断していると見せかけることだ。切符を買い、改札を通った。

各停の電車を待つ。いまごろ自警団は対策を協議しているはずだ。おそらく、ロータリーにいた男がおれの尾行を続ける。車を乗り捨て、同じ電車に乗るだろう。やがて滑り込んできた下りの電車は、疲れた顔の人々で混んでいた。

次の駅で降りた。マリコが住んでいる町だ。人波に押されて改札を出る。

携帯が鳴った。当人からだった。

「どこ？」

「いま、駅に着いた」

「予定どおり？」

「ああ」

いつのまにか、完全に夜になっていた。駅前の賑わいをあとにして、殺風景な産業道路に出る。すぐ隣の町なので土地鑑があった。歩道に影を引く。

うしろを振り返りたい衝動に駆られた。だが、いまここで追跡者と目を合わせるわけにはいかない。ついてきていると信じるしかなかった。

ふと、自分のしていることが馬鹿馬鹿しくなる。中止しようかと思うが、これでいいのだと思い直す。おれがこんなことをしているのは、やつらをコケにするためだ。馬鹿馬鹿しいくらいでちょうどいい。

道路沿いを進んだ。煌々《こうこう》と明るいホームセンターを過ぎると、その先に大きな建物はない。時計を見て足を速めた。

ヘッドライトに人影が浮かび上がる。一ブロック先を歩いていた。女性のうしろ姿だった。

コートの肩にバッグをかけ、仕事帰りのＯＬのように見える。同行者はいない。おれは一定の距離を保って追跡した。

Y字路に出た。女性は細い方の道に入った。進むにつれ、産業道路の騒音が遠ざかる。ほかに通行人はいなかった。おれと女性のふたりきりだ。街灯がだんだん間遠になる。しんとした住宅街だった。

角を曲がったのを機に、おれは歩幅を大きくする。ブロック塀にはさまれた路地だった。息を殺し、足音を忍ばせる。みるみるうしろ姿が近づいた。

バックポケットにしまっていたものを引っぱり出す。腕を伸ばして、背後から肩をつかんだ。

女性が悲鳴を上げた。金切り声が響き渡る。承知していたはずなのに、おれは肝をつぶす。

背後がざわめいた。やめろ、という怒声が飛んでくる。複数の足音が迫った。

おれは逃げ出した。思わず全力で走ってしまったが、追っ手も本気だった。腰に飛びつかれ、顔から地面に倒れる。しがみつく男を蹴りつけ、起き上がろうとしたところへ、あとから追いついた男たちが襲いかかる。

おれは拳を振り回した。何発か命中する。相手を逆上させることには成功したものの、予想以上に強烈な反撃を食らう。手足を押さえつけられ、容赦ない殴打を浴びた。

マリコが叫んでいる。やめて、と繰り返した。おれと男たちの間に割って入る。

ようやく男たちの手が止まった。我に返りつつあるのだろう。マリコひとりの声が響く。

「なんでこんなことするの！」

誰も答えようとしなかった。おれはマリコに支えられて上体を起こす。鼻血がしたたった。どこをどうやられたかわからないほど、体じゅうが痛んだ。

「なんでこんなことするの！」

おずおずとひとりが言う。

「きみが悲鳴を上げたから……」

「びっくりしただけです！」

「そいつは……」

「この人はあたしの友達です！」

おれは顔を上げて驚いた。そこに十人以上の男たちがいたからだ。見覚えのある顔と、そうでない顔がある。全員、自警団のメンバーか。団地に張り込んでいたのはふたりだけだったが、いよいよおれが犯行に及ぶと見て、非常招集をかけたのか。

外見はさまざまだった。二十代から六十代、体育会系の若い男がいるかと思えば、ぜいぜいと息を切らした、太鼓腹のおじさんがいた。目つきの悪い、現場作業員ふうの男は、代表者に金で雇われた手合いだろうか。暴力を振るいたいがために自警団に入ったのではないかと思わせる。

ひとりが言う。

「でもこいつ、ナイフを出した」

「ナイフって、あれですか?」

マリコは路上を指さした。おれがポケットから取り出したものが転がっている。

「あれはアルミのペンライトです。あたしに貸してくれようとしたんです。夜道は物騒だから」

誰かが、ハメたな、とつぶやいた。マリコは無視した。

「警察を呼んでください」

「え……」

「これは集団暴行事件です。警察を呼んでください」

「…………」

「早く!」

誰も動こうとしなかった。じゃあいいです、と言って、マリコは携帯を取り出した。躊躇《ちゅうちょ》なく110を押す。

「友達が襲われました。すぐ来てください」

自警団は立ち尽くしていた。女性が相手だと、手も足も出ないらしい。

マリコは宣言するように言った。

「通り魔事件です」

「きみ！」

「犯人はここにいます」

「おい……」

マリコは場所を伝えた。自分の家の近くなので、説明に淀みがない。最後につけたした。

「救急車もお願いします。重傷です」

気づくと人が集まっていた。周辺の住民たちだろう。遠巻きにして、不安そうに見守っている。自警団は互いの顔を見交わした。次第に大きくなるサイレンに呪縛されたかのように、口をひらく者はいない。

ぼんやり佇む男たちを、マリコは憤然と睨みつけた。


警察が到着し、あたりは騒然となった。路地が車両で埋め尽くされる。通常のパトカーのほか、SUVやワンボックスのパトカーもいた。本当に通り魔事件が発生したと思ったのだろう。テレビ局の中継車も見えた。

事情を訊かれ、主にマリコが話した。興奮した調子でまくしたてる。どこまでが芝居かわからない。警官は少し気圧《けお》されているようだった。

おれも説明を求められた。友人の家を訪ねようとしたところ、途中で姿を見かけ、声をかけたのだと答える。自警団は言いたいことがありそうだったが、マリコが封殺した。違法なことは何ひとつしていないのに、いわれのない暴力を被ったと主張する。

現に血まみれのおれがそこにいるので、マリコの言葉に説得力があったようだ。ボコボコにされた甲斐《かい》がある。自警団はパトカーに連れていかれ、個々に取り調べを受けた。報道陣のライトにさらされ、カメラから必死に顔を隠す。

救急隊員がおれの体を点検している。手足を動かしてみろと言う。自力で立つことができたし、痛みも治まりつつあった。口の中を切って血の味がするが、どうやら歯は折れていない。

病院に行くかと訊かれ、いい、と答える。途端にマリコが嚙《か》みついた。

「駄目だよ。ちゃんと診《み》てもらわなくちゃ」

「どこも折れてねえし」

「ひびが入ってるかも」

「大丈夫だよ。けっこう厚着してるから」

マリコはおれを睨んだ。事前の計画では、自ら進んで病院に運び込まれることになっていた。大袈裟に症状を訴え、一日でも長く入院する。可能なかぎり、自警団の罪を重くするのだ。

「頭も打ったでしょ。精密検査してもらったほうがいいんじゃない？」

「平気だって」

今夜のことで自警団も懲りただろう。もうおれにつきまとうことはないはずだ。マリコの剣幕を見ているうちに、おれは逆に冷静になっていた。一矢《いっし》報いて気が済んだ。

マリコはつまらなそうにつぶやく。

「意外と頑丈なのね」

ふと疑惑がかすめる。ひょっとしてマリコは、おれのために一芝居打ってくれたのではなく、自分の鬱憤《うっぷん》を晴らしたかっただけではないか。おれを利用して、理不尽な現実に復讐しようとしたのではないか。

考えてみれば奇妙な話だ。おれを友人と思っているなら、おれが痛い目に遭うのを承知で、こんな計画を持ちかけるだろうか。自警団がそうだったように、マリコもまた、自分勝手な正義感におれを巻き込んだだけではないか。

取り調べには時間がかかりそうだった。自警団は当分解放されないだろう。事実関係の確認が行われたあと、おれは帰っていいことになった。病院に行かないなら、パトカーで自宅に送ると言う。断るのも変なので、申し出に従うことにした。

マリコの家は近い。手を振りながら去っていった。当初の計画とは違ったが、ひと暴れして、それなりに満足したのだろう。

団地の前に着いた。礼を言ってパトカーを降りる。テールランプを見送った。

携帯を取り出すと、履歴にマリコの名があった。折り返す。

「もしもし」

「調子どう？」

「悪くない」

「いまからでも病院行ったら？　後遺症が出るとまずいよ」

気がかりそうな声だった。さっきはちょっと疑ってしまったが、本気で心配してくれているらしい。少なくとも、本人はそう信じている。

「今日は世話になったな。ありがとう」

「そんなことより、またあったの」

「何が」

「通り魔事件」

「え？」

「今夜、＊＊地区で」

＊＊と言えば、自警団の地元だ。

「まじで?」

「いまニュースでやってる。七時ごろだって」

「七時ごろ?　というと――」

「あたしたちが自警団と対決してるころ」

「つまり」

「タカハシには鉄壁のアリバイがあるわけよ」

マリコは、ふふ、と笑った。

「皮肉だね。自警団がアリバイの証人になってくれるなんて」

事件はひさしぶりだった。ここ三週間ほど、通り魔はなりをひそめていた。マスコミで取り上げられる頻度も下がり、このまま終息するかと思われた。警察や市民の警戒が緩むよう、あえて活動を控えていたのかもしれない。

「じゃ、またドーナツのラインで」

少し無駄話をしてから電話を切った。玄関ホールの前の短い階段をのぼる。

携帯でニュースサイトをひらいた。通り魔事件の見出しを探す。

「え――」

思わず声に出して立ち止まった。記事の中に〝死亡〟の文字がある。

事件は＊＊地区の新興住宅街で発生した。被害者となった二十歳の女子大生は、最寄りの停留所でバスを降りたあと、ひとりで自宅に向かっていたらしい。悲鳴を聞いて付近の住民が駆けつけると、路上にあおむけに倒れていた。刃物で刺されたのか、腹部から出血している。すぐに搬送されたが、病院で死亡が確認された。犯人は見つかっていない。

「死んでんじゃん——」

マリコは知っていたのか。それとも第一報の時点では、まだ生死は不明だったのか。以前から危惧されていたことだった。当初は女性の衣服やバックパックに切りつけるだけだった犯人が、あるとき一線を越え、被害者を負傷させるようになった。さらにエスカレートするとしたら、その先に待っているのは傷害致死——そして殺人だ。

呆然としたまま中に入る。エレベーターのボタンを押した。マリコの言うとおり、自警団がおれの無実を証明する結果となった。ざまあみろ、と思う。しかし人がひとり死んだとなると、単純に喜んでもいられない。

背後で声がした。

「高橋君」

玄関ホールの中央、古くなって黄ばんだ照明の下に、男がひとり立っている。自警団の代表者だった。児玉という男だ。低く、うなるように言う。

「騙したな」

「は?」

「おれたちを騙したな」

おれは口をつぐんだ。男の目に異様な光がある。下手に刺激しない方がよさそうだ。

「きみが不審な動きを見せていると報告を受けた。尾行をまかれたが、駅で見つけたというので、絶対に見失うなと指示した」

「………」

「次の駅で降りて町をふらついているというので、すぐに動けるメンバーを急行させた。おれも行こうかと思ったが、全体の状況を見て指示を出す人間が必要だった」

男の口調は落ち着いていた。込み上げる怒りを、最後の理性で抑え込んでいるのだろう。いつ豹変してもおかしくない。

「きみのところに行ったメンバーは、本当なら**地区にいるはずだった。毎晩パトロールしてるからな。今夜事件が起きた場所も、巡回コースに入ってる」

団地内は静まり返っていた。まるでおれと男の、ふたりしかいないようだった。

「わかるか? きみが馬鹿なことをしなければ、今夜の事件は起きなかった。未然に防ぐことはできなくても、メンバーが近くにいれば、犯人を捕まえることができただろう」

「おれは友達に会いに行っただけです」

「そんなゴタクはどうでもいい」

言葉を呑み込む。何を言っても通じそうにない。

男は無表情のまま言った。

「おまえのせいだ」

「…………」

「おまえのせいで、いままでの努力が無駄になった」

「悪いのはあんたらだろ」

「女の子が殺された」

「…………」

「おまえのせいだ」

「違う」

「おまえが殺した」

男は金属バットを手にしている。おれに制裁を下すつもりなのだ。

「許さない。親がどんなに悲しんでると思う。絶対に許さない」

「やめろ」

「おまえは通り魔と同じだ」

男はバットを高々と掲げた。狙いをつけて振り下ろす。

壁を打つ音が響いた。ぎりぎりでよけたおれに向かって、バットが水平に振り回される。飛びすさったとき、バランスを崩して尻もちをついた。

脇腹に痛みが走る。さっき自警団に蹴りを入れられた場所だ。あばらが折れていたのかもしれない。

身動きできないおれの前に、黒い影が立ちはだかった。バットを振りかぶる。

そのときだった。何かが男に突進した。男もろとも床に倒れる。そのまま激しく揉み合った。

警官だった。制帽が脱げ落ち、角刈の頭が露出している。数時間ごとに団地を巡回している、近所の交番の警官だろう。

おれは立ち上がることができなかった。這うようにして遠ざかる。出口の前で男たちがもつれあっているので、エレベーターの方に逃げるしかない。

ぎゃあ、という声が上がった。警官が肩を押さえてうずくまっている。男の手にバットがあった。床に転がったはずだが、いつのまにか取り戻している。

男が近づいてくる。おれはあとずさった。背中が壁に当たる。座り込んだまま見守った。

肩で息をしながら、男がつぶやく。

「絶対に許さない……」

バットが頭上に持ち上がる。おれは目をそらすことができなかった。警官が何か叫ぶ。

そして、世界がふたつに割れるのを見た。


呼吸の音が聞こえる。

緩慢な、しかし決して安らかでない呼吸だった。自分が発している音だと気づくのに時間がかかる。

部屋は暗かった。カーテンが締め切られているのだろう。あるいは、おれが目をあけたと思っているだけで、本当はまぶたの裏を見ているのかもしれない。

ベッドの上だった。病院にいるらしい。人工呼吸器がうっとうしいが、外したくても手が持ち上がらない。首を左右に動かすことすらできなかった。

どのくらい眠っていたのだろう。何度か目を覚ましたような気がする。夢うつつに声を聞いた。

泣いていたのは母だろう。かたわらで父が慰めていた。言葉は聞き取れなかったが、ひたすら悲痛な声だった。

別の声も聞いた。マリコだった。ベッドサイドから語りかける。

――ごめん。あたしのせいだね。まさかこんなことになるなんて。

お父さんに頼んで、ＩＣＵに入らせてもらったの。タカハシの顔を見たかったから。児玉ってやつ、いまになって殺意はなかったって言ってるらしいよ。通り魔に対する怒りで、我を忘れただけだって。逮捕されたときには、おれは間違ったことをしていないって言ってたくせに。卑怯者。

でも、いい気味。これで自警団も完全に終わりだわ。

そう言えば例のＯＬ、無事に退院したらしいよ。タカハシが運び込まれるのと入れ違いに。皮肉だね。

だけどＯＬが死ななくてよかった。タカハシもそう思うでしょ？　こんなひどい目に遭わされて、そのうえ殺人の濡れ衣まで着せられたんじゃたまらない。

わざと車に飛び込ませたわけじゃないもんね。夜道でＯＬを追いかけたって聞いたときには、正直ちょっと引いたけど――

早く元気になってね。きっと良くなるよ。また工場で会おうね。

再び眠りに落ちかけたときだった。人の気配がした。枕もとのイスに座る。

――兄貴、早く目を覚ませよ。

怜二だった。おれは、よう、と応じるが、おそらく声は出ていない。

――父さんも母さんも何も食ってない。そのうちぶっ倒れるぜ。おれが見てるからって言って、むりやりファミレスに行かせたけど。

怜二は黙った。言いにくいことでもあるのだろうか。やがて、静かに語りはじめる。

――聞こえてるかどうかわからないけど、おれ、兄貴に謝らなくちゃならない。なんであんなことしたのかな。いまとなってはわからない。でも、あれはおれなんだよ。

はじめて予備校をサボった日だった。町をふらついてたら、ふとやってみたくなった。前から計画してたわけじゃない。

ナイフはずっと持ち歩いてた。いつチンピラにからまれるかわからないだろ？　護身用だよ。

ちょうど人通りが途切れたときだった。女子高生のチャリが走ってきた。電柱のかげからナイフを突き出した。

そう。通り魔はおれだ。

誤解しないでくれ。全部やったわけじゃない。おれがやったのは二回だけ――

兄貴が悪いんだぜ。ニートになんかなりやがって。かわりにおれが、いい大学に入らなきゃならないじゃん。

おれのこと、優等生だと思ってるだろ。そんなわけあるかよ。学校の成績なんて、みんなカンニングの賜物《たまもの》だよ。

昔は兄貴も頭よかったじゃん？　比較されて大変だったよ。負けまいとしてるうちに、カンニングの技だけ身についた。

でも、さすがに入学受験はな。カンニングなんて無理だし、かといって兄貴が受けた大学より、ランク落とすわけにいかねえし。

女子高生に切りつけてみたけど、ちっともすっきりしなかった。通り魔は、あれのどこが楽しいのかな。変態の考えることはわからねえ。

でも二回目のとき、ちらっと思った。これは遠回しな自殺なのかもって。通り魔だってバレれば、もう受験なんてしなくていいじゃん？　入試に失敗して、どうせ親を失望させるなら、その前に逮捕されたって同じだし。

殺すつもりはなかったんだ。ちょっと切りつけようと思っただけだった。でも女が振り返った。顔を見られたから仕方なかった。

前の日、兄貴から自警団をとっちめる計画を聞いてさ。＊＊地区が手薄になるかもしれないって思ったんだ。案の定、いつもパトロールしてる連中がいなかった。

まるで、女を刺せっていう啓示みたいだった。

怜二は何を言っているのだろう。頭が朦朧として意味がわからない。深い眠りに引き込まれようとしていた。

——もしかしたら、このまま目を覚まさない方がいいのかもしれないな。おれが捕まったら、殺人犯の家族として生きなくちゃならない。

でも心配しないでくれ。おれは絶対に捕まらない。もし捕まりそうになったら、その前にこの世から消えてやる。

ああ、もうこんな時間か。そろそろ父さんたちが戻ってくる。おれは家に帰るよ。勉強してるふりをしないといけないし。

不思議だな。死んでもいいと思ったら、何も怖くなくなった。また女を刺せそうだよ。ん？　ひょっとして起きてるのか。なんだかそんな気がする。気のせいかな。

もしかしたら、これが兄貴と会う最後かもしれないな。まったく、親不孝な兄弟だ。

…………。

……静かだな。ここはほんとに静かだ。

じゃあな。ゆっくり眠ってくれ。

おれは行くよ。

もう夜だから。

復讐の花は枯れない

ヘッドライトを受けて、猫の目が光った。速水《はやみ》は慌ててブレーキをかける。あと一瞬遅ければ、もろに罠に突っ込んでいただろう。

自宅に程近い、住宅街の道だ。地域の住民しか使わないので、もともと人通りは多くない。午後十時を回ったこの時間、完全にひとけが絶えていた。危険を教えてくれた野良猫は、とうに夜の中に消えている。

バイクを停め、速水はそれに近づいた。幅4メートルほどの道に、黒いナイロンロープが張り渡されている。一方の端が民家のカーポートの支柱にくくりつけられ、もう一方の端がブロック塀の飾り穴に結ばれている。速水がバイクにまたがったとき、ちょうど首の位置に来る高さだった。

何者かが、そこを通る者を引っかけようとしたのだ。騒音を気にして、住宅街に入ったときからスピードを落としていたが、それでもバイクごとぶつかったら、どうなっていたかわからない。

速水はあたりを見回した。自分の仕掛けた罠の成果を見届けるため、犯人がようすを窺っているかもしれない。しかし家並みはひっそりと静まり返って、どこにも人の気配はない。街灯の光と立ち木の影が、路上にまだらを描いているだけだった。

一見、たまたま通りかかる者を狙った、たちの悪いいたずらのように見える。しかしそれなら、もっと往来の多い場所を選ぶはずだ。速水は疑わざるを得なかった。これは自分を狙った罠ではないか。

速水は市内の設計事務所で働いている。バイクで通勤しており、毎日ほぼ同じ時間に帰宅する。生活パターンを知っている者なら、速水が通る直前にロープを仕掛けることも可能だ。

ここのところ、速水の周辺では異変が相次いでいる。最初の異変は息子を襲い、二度目は妻に降りかかった。ただの偶然だと思い込もうとしたが、三度目となるとそうはいかない。誰かが自分たち一家を狙っている。

警察に知らせなくてはならない。運が悪ければ、今夜ここで命を落としていた。リュックのポケットから携帯を引っぱり出す。

だが、なかなか発信することができなかった。警察に知らせれば、当然犯人の心当たりを訊かれるだろう。速水には心当たりがあった。犯人の動機にも思い当たるふしがある。しかしそれを安易に口にするわけにはいかなかった。いまさら速水の罪が問われることはないだろうが、年月に埋もれた古い秘密を、自ら暴露することになる。

この際、腹をくるべきかもしれない。もし通報しなければ、ひきつづき家族が危険にさらされる。だが速水の過去を知ったとき、妻がどんな反応を示すかわからない。もしかしたら息子を連れて、速水のもとを去るかもしれない。

いっそ何もなかったことにしてしまおうか。ロープをほどいて、こっそり処分すればいい。しかし今回やりすごしても、犯人はいずれ別の罠を仕掛けるだろう。

決心をつけかねている自分がもどかしかった。思い切って110を押す。まだ、速水の考えている人物が犯人と決まったわけではない。秘密を打ち明けるのは、捜査の行方を見極めてからでも遅くない。

それは、速水が高校生だったころの出来事だ。身のまわりで不審な事件が起きなければ、再び思い出すことはなかっただろう。当時、速水に復讐を誓った男がいた。二十余年の歳月を経て、ついに動き出したというのだろうか。

男と対面したのは一度きりだ。記憶が薄れて、その顔は思い出せない。しかしまなざしは焼きついていた。怒りをみなぎらせた双眸《そうぼう》が、速水を刺すように睨んでいた。

ふと、視線を感じて振り返る。闇を透かすが誰もいない。携帯からオペレーターの声が聞こえてきたので、それ以上気配を追うことはできなかった。

最初の異変は一ヶ月前、息子の身に起きた。

小学四年の涼介《りようすけ》は、地元のサッカークラブに所属している。練習を終え、家に帰るところだった。途中で友達と別れてひとりになった。

横断歩道で、信号が青に変わるのを待っていた。帰宅ラッシュの前なので、交通量は多くない。近づいてくる車をぼんやり眺めていた。

突然、背中を押された。強い力だった。抗いようもなく路面に倒れる。

ブレーキが響く。涼介は跳ね起き、歩道に飛びのいた。すんでのところで接触を免れた。

車がまだ遠くにいたことが幸いした。犯人はそれを計算に入れていたのだろうか。しかし殺意がなかったとしても、悪質ないたずらであることに変わりはない。

車のドライバーが、黒いコート姿の、長身の男が立ち去るのを目撃していた。

第二の異変は妻の泰子《やすこ》に起きた。半月ほど前だ。

涼介の事件を受け、行政やボランティアによる防犯パトロールが強化された。それが功を奏したのか、そのあと不審者は現れていない。いっときパニックに陥った泰子も、すっかり平静を取り戻していた。その日、自転車で近所のスーパーに行った。

買い物を終え、家に向かっているときだった。強い衝撃にハンドルを取られた。前輪に何かがぶつかったのだ。

バランスを崩して車道に倒れる。通りかかった軽トラが急ブレーキをかけた。ドライバーが飛び出してきて、起き上がれずにいる泰子を助け起こした。

路上にサッカーボールが転がっていた。道沿いの公園から飛んできたのだ。柵の内側をのぞくが誰もいない。ボールで遊んでいた子供が、うっかり蹴り飛ばしてしまったというわけではないらしい。

何者かが、植え込みのかげから泰子の自転車を狙ったのか。あらためてぞっとする。タイミングが悪ければ、軽トラの下敷きになっていた。

ドライバーに、警察を呼びますかと訊かれた。しかし故意である証拠はない。保護者による下校の見守り当番に行く時間が迫っていたので、大丈夫ですと答えた。

そして今日、第三の異変が起きた——

途中で足止めを食ったので、速水が家に帰り着いたとき、すでに午前○時を回っていた。バイクの音で気づいたのだろう。玄関のドアをあけると、不安そうな泰子が立っていた。

「何があったの」

警察に連絡したあと、妻には帰宅が遅くなるかもしれないと伝えた。不要な心配をかけたくなかったので、具体的な話はしていない。

「すぐそこまで来てたんだけどな。道にロープが張ってあった」

「ロープ?」

「バイクかチャリを引っかけようとしたらしい。たちの悪いいたずらだよ」

泰子の顔がこわばった。

「引っかかったの?」

「いや、直前で気づいた」

速水は居間に入った。革のジャケットを脱ぎ、ソファの背もたれに体を預ける。息子はとっくに寝ているだろう。

「警察を呼んだ。パトカーが来て、あれこれ質問されたよ。野次馬が集まってきて、ちょっとした騒ぎになった」

妻は戸口に立ち尽くしている。

「あなたを狙ったの?」

「わからない。誰でもよかったのかもしれない」

妻はショックを受けているようだった。座れよ、と言うと、ようやく我に返った。

「おかしいと思わない? 涼介の事件以来、ちょっと続きすぎよね」

「ああ……」

「涼介のときは、たまたまあの子が不審者に目をつけられたんだと思った。私のときは、きっと事故だろうって——。でも、とうとうあなたまで」

できれば妻には、相手を選ばない愉快犯のしわざだと思ってほしかった。速水自身が原因だとは言いたくない。まだ断定できないのだ。

「偶然とは思えない。もしかして、私たちが狙われてるの？」

はっきり答えずにいると、妻は別の問いを発した。

「杉村《すぎむら》さんに知らせた？」

「いや——」

「電話した方がいいんじゃない？」

杉村は、涼介の事件を担当している所轄署のベテラン刑事だ。気づいたことがあったら、どんな些細なことでもいいので知らせてほしいと言われている。携帯の番号を聞いていた。

「もう警察には知らせてあるぞ」

「今日のお巡りさんに、涼介や私の事件のことを話した？」

首を横に振る。

「じゃあ、結びつけて考えないかもしれない。ただのいたずらとして片づけられちゃうかも」

朝を待って電話した。すでに報告を受けていたらしく、杉村はロープの一件を知っていた。ちょうど速水に連絡しようと思っていたところだという。

涼介の事件については、目立った進展がないようだった。以前から不審者としてマークされていた人物をひとりひとり当たっているが、いずれも目撃情報と合致しない。杉村は、捜査の方針を根本的に見直す必要があるかもしれないと述べる。

ふいに訊かれた。

「速水さん、誰かに恨みを買った覚えはありませんか」

「恨み――」

速水は迷った。過去の秘密を打ち明けるチャンスかもしれない。しかし踏ん切りがつかなかった。いまの段階で話すと、杉村に予断を与えてしまうのではないか。気づくと「いいえ」と答えていた。

速水の逡巡を知ってか知らずか、刑事はそれ以上突っ込んでこなかった。近々お話を伺いに行くかもしれない、とだけ言う。

電話を切る前に杉村は警告した。昨夜は未遂に終わったものの、もし犯人が速水を狙っているなら、このまま引き下がるとは考えにくい。速水の自宅周辺のパトロールを強化しているが、くれぐれも用心するように、と念を押した。

それから十日あまり、何事もなく過ぎた。家族の身にも異変は起きていない。地域に立ち込めていたぴりぴりした空気は、日常のせわしなさにまぎれて、いつしか霧散しつつある。

だが、速水は警戒を怠らなかった。その夜も住宅街の入口でバイクを停めた。一呼吸してから、そろそろと乗り入れる。

先日ロープが張られていた場所に差しかかった。無事に通過してほっとする。やはり、あれは単なるいたずらに過ぎなかったのか。巡回中のパトカーを見かける回数も当初より減っているし、警察の見方もそちらに傾いているのだろう。

仮に速水を狙った犯行だったとしても、それほど強い害意はなかったのかもしれない。ロープの罠は、バイクの速度が遅ければ、簡単に回避できるものだった。速水に一定の恐怖を与えたことで、すでに十分な満足を得たのではないか。

どうやら取り越し苦労だったらしい。速水がそう思ったときだった。

突然、閃光《せんこう》が視界を奪った。目をあけていられない。車のヘッドライトではなかった。前方から照射される光は、移動する速水の顔を捉えつづけた。

ブレーキをかける。しかし間に合わなかった。張り渡されたロープが、固い棒のように首を打った。息がつまり、ハンドルから手が離れる。

一瞬、体が宙に浮いた。痛みに備えるひまもなく、背中から地面に叩きつけられる。

意識が遠のいていく中で、ドライバーを失ったバイクが、何かに衝突する音を聞いた。

気づいたとき、速水はベッドの上にいた。沿道の住民が通報し、市民病院の救急外来に運び込まれたのだ。現場ではいまごろ、警察による鑑識作業が行われているだろう。

ロープは街灯と街灯の間の、光の届かない暗がりに張られていた。事前に発見できたとしても、回避は不可能だったに違いない。犯人は物陰にひそんで、強力なフラッシュライトで速水の目をくらませた。

幸い、大事には至らなかった。バイクが低速だった上、頑丈なヘルメットを着用していたので、軽い脳震盪《のうしんとう》を起こしただけで済んだ。すぐにも帰宅できそうだったが、翌日精密検査を受け、その結果を待ってから退院することになった。

病院には、杉村とは別の刑事が来ていた。今夜もパトロールを行っていたにもかかわらず、まんまと隙をつかれたことを、しきりと悔しがっていた。犯人の人相を訊かれたが、強烈な白い光のほか、何ひとつ覚えていない。

病室のドアがあいた。泰子と涼介だった。知らせを受けて駆けつけたのだ。

「パパ！」涼介がベッドに駆け寄る。「大丈夫？」

「ああ、大丈夫だ。ちょっとコケただけだよ」

泰子は青ざめている。夫の顔を見ても、それほど安堵したようすはない。

「やっぱり、私たちが狙われてるのね」

「おい」

涼介の前で、不安を煽るような話をしたくなかった。いつもなら気づかいを忘れない泰子だが、いまは余裕をなくしているらしい。

「昼間、杉村さんに訊かれたの。誰かに恨まれてませんかって」

刑事は妻にも、速水にしたのと同じ質問をぶつけたのだ。

「まさか、私のせいなの？　私のせいで、あなたや涼介が狙われてるの？」

「心当たりがあるのか」

「ないけど……」

速水には妻の懸念がよくわかった。自分が痛い思いをする分にはいいが、それが家族の身に起きたらと思うとぞっとする。犯人の心当たりがあるなら、迷わず警察に伝えるべきだった。杉村をはぐらかしたことを後悔する。

しばらく夫と話すうちに、泰子は落ち着きを取り戻したようだ。涼介に夜更かしさせるのは可哀想だったので、速水はふたりを家に帰すことにした。犯人がまだ自宅のそばに潜んでいるのではないかという懸念を伝えると、刑事は警官を警備につかせると言ってくれた。

翌日、精密検査の結果を待っているときだった。杉村が病院に訪ねてきた。速水に見てほしいものがあるという。一階のロビーのすみで話す。

杉村は一枚の写真を示した。

「昨夜、ロープが張られていた現場で撮ったものです。これが何だかわかりますか」

道のわき、側溝のふたの上に、みずみずしい花束が置かれている。透明なセロファンに包まれているのは、大輪の白百合だった。捨てられたものには見えない。まるで献花のようだった。

「死亡事故の現場には花が供えられますが、速水さんはこうして生きておられる。献花だなんて、縁起でもない話です。付近の住民に訊いてみましたが、自分が置いたという人はいなかった」

速水には、写真を見た瞬間にわかっていた。花束は犯人が置いたものだ。杉村に向き直る。

「お話ししたいことがあります」

二十五年前の出来事を語った。杉村はメモを取りながら、険しい顔で聞いていた。話が終わっても、その表情は変わらない。

「もっと早く話してほしかった」

「確証がなかったんです。でも花束を見てはっきりわかった。犯人の目的は、おれへの復讐です」

また連絡しますと言い残し、杉村は足早に立ち去った。

ようやく退院の許可が降りた。速水から知らせを受け、泰子が車で迎えに来た。涼介はすでに学校から帰っていたが、ひとりで家に置くのが心配だったので、近所の主婦に預けてきたという。

速水は、妻にも話さなくてはならないと思った。心配性の泰子は、自分のせいで家族が狙われたのではないかと気に病んでいる。まったく心当たりがない分、かえって疑心暗鬼に囚《とら》われているのだ。

流れる街並みを助手席で眺めながら、ふと会話が途切れたときに切り出す。

「復讐なんだ」

「え？」

「今回のことは、おれへの復讐なんだよ」

「――どういうこと？」

「おれが高二だったときのことだ。同じ学年に、相川《あいかわ》ってやつがいた。いわゆるいじめられっ子だ。クラスが違ったし、口をきいたこともなかったけどな」

速水はその少年の顔を覚えていない。意識的に記憶から消し去ろうとしたせいもある。小柄で色の白い、病弱そうな印象だけが、かろうじて残っている。

当時、速水はH県のN市に住んでいた。半分農村、半分ベッドタウンといった風情の、片田舎と呼んでいい町だった。自転車通学できる距離にある、公立高校に通っていた。

相川がどんないじめを受けていたか、速水はよく知らない。人づてに聞いたところでは、不良グループに命じられ、あちこちの店で万引きを繰り返していたらしい。不良たちは当初、相川本人から金を巻き上げていたようだが、家から持ち出すのにも限度がある。ゲームソフトやCDを盗ませ、リサイクルショップで金に換えていたのだ。

ある日、昼休みに教室でぼんやりしていると、同級生の西田《にしだ》がやってきた。前の席の机に腰かける。おまえに頼みがあると言う。

西田は一年生のときから野球部でレギュラーを務める、恵まれた体格の男だった。バイクに興味があり、マンガの趣味が一致したこともあって、速水とは馬が合った。帰宅部の速水が、野球部の練習がない日に、西田の家に遊びに行くこともあった。

「おまえ、金ほしくね？」

金の話から始まったので、厄介な頼み事ではないかと警戒する。

「十万。いや、うまくいったら二十万出す」

「――言ってみろ」

西田は、まわりに人がいないのを確かめてから口をひらいた。

「もう死んでっけど、うちのじいさん、刀をコレクションしてたんだよ」

「刀？」

「ああ、日本刀。うちに土蔵があるだろ。あそこにしまってあるんだよ。十本以上あって、どれも値打ちものらしい」

西田の家はかつて豪農だったという。父親は会社勤めをしているが、住まいは広壮な日本家屋で、庭には古い土蔵が立っている。

「ある人がそれを買い取りたいって言ってる。でも親父は売りたくないらしい。刀には興味ねえみたいだけど、一応じいさんの形見だからな。それでその人、おれに話を持ってきた。親父に内緒で、刀を持ち出してくれないかって。まぁ早い話が、盗み出せってことだ」

話がキナくさくなってきたので、速水は警戒を強める。

「その人、親父の昔からの知り合いなんだよ。よく盗めとか言うよな。しかも相手は高校生だぜ？　犯罪に巻き込んじゃいかんだろ」

西田はなぜか嬉しそうだった。自尊心をくすぐられたのかもしれない。

「でも、おれが盗み出すわけにはいかねえ。刀が消えたら、親父は真っ先におれを疑うからな」

「まさか、おれに盗めって言うんじゃねえだろうな」

「そうじゃない。刀はおれが盗む。そしてあいつに罪をかぶってもらう」

「あいつ？」

「相川っているだろ。二組の、背のちっこい」

「ああ」

「知ってるか？　あいつが万引きしまくってるの」

「そうらしいな」

「せっかく泥棒がいるなら、そいつが盗んだことにさせてもらおうと思ってよ」

速水は西田の計画を聞いた。そして手を貸すことにした。速水が求められたのは、それほど難しい仕事ではなかったからだ。バイクの免許を取るため、バイトでもして金を貯めようかと思っていたところだったのだ。

速水たちにはもうひとり仲間がいた。相川と同じクラスの小峰《こみね》という男だ。速水とは中学時代から仲が良かったし、体育部員同士、西田ともよくつるんでいた。西田は小峰に、下駄箱から相川のスニーカーを持ち出させた。

それはその気になれば、西田自身にもできることだった。あえて小峰にやらせたのは、あまり自分が相川の周辺をうろつかない方がいいと思ったからだろう。あるいは悪事に手を染めるうしろめたさから、ひとりでも共犯者を増やしたかったのかもしれない。

西田は、いじめグループの一員である野球部の同輩に、自分の家に高価な日本刀のコレクションがあることを自慢した。刀の存在を知ったいじめっ子に命じられ、使いっぱしりの相川が盗みに入る、という筋書きを描いたのだ。

ある夜、西田は自分の家の土蔵から刀を盗み出した。サイズの小さい相川のスニーカーにむりやり足を突っ込んで、土蔵のまわりに足跡をつけた。翌朝、仕事に出ようとした父親によって、土蔵の鍵が破られているのが発見された。警察が来て、鑑識が足跡を採取した。

速水の出番になった。放課後、学校の近くにある書店に行った。老夫婦が経営している小さな店で、万引きに悩まされているらしい。入口のガラスに、見つけしだい通報します、という貼り紙がしてあった。

速水は雑誌を買い、レジにいる老女に話しかけた。相川の人相を伝え、見覚えがないかと尋ねる。たぶんいつも立ち読みしている少年だろうという答えだった。万引き常習犯らしいですよ、と告げた。

数日後、相川が書店で万引きしているところを見つかった。貼り紙の言葉どおり、店主は警察に突き出した。

相川は、それまでのすべての万引きを告白した。不良グループに強要されていたことも発覚し、リーダー格の三年生が補導された。むろん相川は日本刀の窃盗については関与を否定したが、警察はすでに、現場に残された足跡と相川のスニーカーが一致することを突き止めていた。小峰の手により、スニーカーは下駄箱に戻されていたのだ。

西田の計画は図に当たった。相川に罪を着せることに成功した。あとは報酬を受け取るだけだったが、速水との約束の日、西田はふてくされたような顔で現れた。父親に全部ばれたという。刀を盗み出すようそそのかした男が、突然変心し、あらいざらい父親にぶちまけたのだ。刀を引き渡す段になって、西田が売り値を吊り上げようとしたのが原因らしい。父親は、息子が真犯人であることを伏せてもらうかわりに、刀を格安で男に譲った。速水はまんまと利用されたような気がしたが、報酬をあきらめるしかなかった。

だが、世間の見方は単純だった。学校や町の噂では、窃盗事件はすべて相川のしわざと決めつけられていた。相川の両親は、息子が万引きを働いた店を回って頭を下げているらしく、西田の家にも謝罪に訪れたという。

その後、相川は学校に来なくなった。万引きが本人の意志でないことは明らかだったし、刀の窃盗についても、濡れ衣の可能性が指摘されていた。それほど重い処分を受けることはなさそうに思われたが、このまま自主退学するのではないかという憶測も流れた。速水は相川と顔を合わせるのが気まずかったので、本人が学校から消えてくれるなら、それが一番ありがたいと思った。

そろそろ人々が忘れかけたころだった。ある日ニュースが流れた。町内にある無人の神社で、少年が首を吊った。

相川だった。境内のイチョウの枝にロープをかけた。遺書はなかった。

速水は少なからず動揺した。原因はやはり、万引きのことを町じゅうに知られたためだろうし、そのきっかけを作ったのは速水だった。西田から報酬をもらいそこなっていたので、速水がしたことと言えば、ただ相川を陥れただけだ。罪悪感を振り払いたくて、必死に自分に言い聞かせる。遅かれ早かれ万引きは露見しただろうし、速水が何もしなくても、結果は同じだったはずだ。

速水は相川の葬儀に出た。学校からの指示で、同学年の全員が参列することになっていた。十月のよく晴れた日だった。斎場に入ると、焼香の列に西田と小峰がいた。声をかけて合流する。あえて尋ねなかったので、ふたりがどう感じているかわからなかったが、あまり居心地はよくなさそうだった。

三人が斎場の外に出たときだった。日の光を受けた前庭に、男がひとり立っていた。正面に立ちはだかっているので、足をとめざるを得ない。親族なのか、腕に喪章をつけている。

背の高い、目鼻立ちのはっきりした男だった。双眸が射るような光を放っている。速水はたじろいだが、男はごく当たり前の言葉を発した。

「ありがとう。幸司《こうじ》のために足を運んでくれて」

幸司とは相川の名前だ。速水はあいまいに頭を下げる。

「幸司はおれの姉の息子だ。姉は昔から子供好きだったが、なかなか子宝に恵まれなくてな。やっと授かった子供だった。生まれたときはおれも嬉しかったよ。甥っ子というより、自分の息子のような気さえした」

どう返事したらよいかわからず、速水は友人たちと顔を見交わした。男はおかまいなしに続ける。

「実際、可愛い子だったよ。小さいころはよく遊んでやったものだ。星が好きだというので、空気のきれいな場所に連れていったりした。でも最近はおれも忙しくてな。せめて電話くらいしていれば、あいつが悩んでることに気づいてやれたかもしれない。親には話せなくても、おれにならら打ち明けてくれたかもしれない」

速水はいたたまれなかった。しかし男の口ぶりは落ち着いていたし、無視して立ち去るのも不自然に思われた。

「おれは小さいころに両親を亡くした。姉がおれの親代わりだったんだ。おれが面倒をかけた分、姉には幸せになってほしかったんだが――。幸司も罪なことをする」

「………」

「それはそうと、あいつに濡れ衣を着せようとしたやつらがいるようだな」

速水はぎくっとした。横で小峰が身じろぎする。

「あいつは警察に疑われたり、そのことで両親を悲しませたことに耐えられなかったんだ。あいつをいじめたやつらも憎いが、それ以上に許せないのは、あいつをハメようとしたやつらだ」

西田の父親が口をつぐんでいるので、日本刀窃盗事件の真相は知られていない。相川の死によって事件そのものがうやむやになりつつあるが、被害者の息子、つまり西田を疑う声も少なくなかった。一方速水についても、例の書店の経営者夫婦が、万引き犯逮捕に協力してくれた高校生がいると話しているらしく、相川のことを夫婦に教えたのは速水だという噂が、どこからともなく漂っていた。夫婦が語るその高校生の容姿が、速水に合致していたからだ。

男はそれを耳にしたのか。それとも自分で情報を集めたのか。速水たちを呼び止めたのは、直接真偽を問い質すためか。

「もしそんなやつらが本当にいるなら、おれは絶対に許さない。どんなことをしてでも、自分たちの罪の重さを思い知らせる」

すべてを見抜こうとするように、男は視線を凝らしている。しかし西田は動じなかった。反抗心を掻き立てられたのか、昂然《こうぜん》と男を見返している。それに励まされて、速水も内心の動揺を抑え込んだ。男が自分たちを疑っているとしても、明確な証拠はないはずだ。

西田は挑発した。

「思い知らすって、どうやって?」

「殺す」

直截《ちょくせつ》な言葉に、速水は息を呑んだ。

「殺す。幸司と同じように、絶望を味わわせてから殺してやる」

「…………」

「でも、おまえたち高校生にはわからないだろう。子供を奪われる苦しみなんて、想像したこともないだろう。だからおれは待つ。おまえたちが大人になり、やがて結婚して、絶対に失いたくないものを手にするまで。それを失うことの恐怖を、身をもって知るようになるまで」

実際、速水にはわからなかった。男の言葉は、単なる脅し文句にしか聞こえない。

「それに、おれには守らなきゃいけないものがある。いまじゃ人の子の親だからな。自分の子供を一人前に育て上げるまで、人殺しになるわけにはいかない」

男はぎりぎりのバランスで自制を保っていた。全身から灼けるような怒気をほとばしらせながら、声は氷のように冷たい。

「待っているがいい。おれに守るべきものがなくなったとき、そしておまえたちに守るべきものができたとき、おれは必ず奪いに行く。何年先になるかわからない。でも忘れるな。おれがおまえたちに復讐を誓ったことを」

三人を睨《ね》めつけたあと、男はふいに視線を外した。西田の横をすりぬけて、読経の続く斎場に戻っていく。速水はうしろ姿を見送りながら、しばらくその場に立ち尽くした。

長い昔語りが終わっても、泰子はなかなか口をひらこうとしなかった。フロントガラスの向こうの西日の街を、悄然とした表情で見つめている。

「その人が、私たちをこんな目に遭わせてるの?」

「ああ……」

当時三十歳前後だったので、いまでは五十を越えている。相川の叔父だという以外に、速水は男の名前すら知らなかった。しかしいま、その敵意を間近に感じる。事故現場に置かれていた白い百合の花束は、男のサインにほかならない。

相川が自殺したあと、神社に小さな献花台が設けられ、町の人々によって弔花が供えられた。同い年の息子を持つ身として、速水の母親はひどく心を痛めており、相川に捧げる花を買ってきた。それを速水に持っていけと言う。

速水はいやがったが、母は強硬だった。同じ学校の生徒なのだから、そのくらいしてやれと言う。葬儀の翌日、献花台に百合の花を供える姿を、男はどこからか見ていたのかもしれない。すでに確信に近い疑惑を抱いていたなら、速水に感謝するどころか、いっそう憎しみを募らせたに違いない。

道端に花を置き、速水が事故後に気づくことを想定していたとすると、男はあのロープの罠で命を奪うつもりはなかったのだ。実際に速水を殺すのは、もっと苦しみを味わわせてから、ということか。

「もう杉村さんには話したのね？」

「ああ。男の居場所がわかれば、すぐに逮捕してくれるだろう」

泰子はそれきり黙り込んだ。妻の顔を見ることができず、速水はじっと車の走行音を聞いていた。

「でも、ひどい話ね」

「ん？」

「相川さんて人のことよ。自殺しなくちゃならないほど、あなたが追いつめたのね」

否定する言葉は見つからなかった。

「その人がいじめられてたことを利用するなんて――。実際にいじめてた人たちより、ひどい仕打ちじゃない？」

泰子はいじめを嫌っている。テレビでいじめ自殺のニュースを目にすると、我がことのように怒りを露わにする。過去のことだからといって、夫の行為を受け容れる気にはなれないだろう。

「おれはあまり深く考えなかったんだ。金に目がくらんで、西田の言うなりになってしまった。馬鹿なことをしたと思ってる」

しかし懺悔の言葉は、泰子に届いていないようだった。独り言のようにつぶやく。

「そんな人だとは思わなかった……」

速水は身の置きどころがなかった。忘れていた罪悪感が甦る。いったん息を吹き返すと、それはなかなか消えていこうとしなかった。

いまになって男の言葉がのしかかる。あれは単なる脅し文句ではなかったのだ。もし息子の命を奪われるようなことがあったら、速水は犯人を許さない。男がそうすると宣言したように、すべてを奪ってから殺すだろう。

相川に謝りたかった。二十五年間、まともに向き合わなかったことを詫びたかった。できることなら、当時の自分にいまの後悔を伝えたい。

男は嘲笑するだろうか。打ちひしがれた速水を見て、自業自得だと嗤うだろうか。それとも復讐の脅威にさらされるまで、罪を罪とも思っていなかった速水に、さらに怒りを燃やすのか。

だが、むくむくと湧き上がる瞋恚《しんい》を抑えられない。速水が過去にどんな過ちを犯したとしても、家族に罪はないはずだ。男は家族を奪われる苦しみを知りながら、速水に同じことをしようとしている。

妻は何も言わない。夕方の渋滞にじりじりしながら、速水はひとり、悔恨と怒りに苛まれた。

翌日、杉村から電話があった。相川の叔父についての調査結果の報告だった。名前は野間正《のまただし》といい、年齢は五十五。I県に住まいがあり、妻とふたりの娘がいる。高校卒業後、地元の電機メーカーに勤めていたが、会社の早期退職制度を利用して、半年前に離職した。元同僚によると、面倒見のいい人情家で、誰からも慕われる好人物だという。娘たちは結婚して家を出ており、ここ数年は妻とふたり暮らしだった。二ヶ月ほど前、退職金の大半を残して失踪し、妻から行方不明者届が出されていた。

野間は、残りの人生をすべて復讐に捧げることにしたのか。そのため家族や、平和に過ごせたはずの後半生を捨てたのか。怒りの深さにぞっとする。

警察は、速水の自宅周辺にある宿泊施設を洗った。しかし車に寝泊りしているのか、野間の潜伏先はつかめなかった。相川幸司の両親にも当たったが、彼らが支援している形跡はないという。姉夫婦を巻き込まないため、野間の方が接触を避けているのかもしれない。

野間の動向は気になったが、それについては警察に任せるしかない。知りたいことはほかにもあった。なぜ速水と、速水の家族だけが狙われているのか。野間が恨んでいるのは、自分だけではないはずだ。

西田の番号は携帯に登録してあった。かつての同級生に電話する。

速水は高校を卒業したあと、大学進学のため県外に出た。地元で就職した西田と、三代目として家業を継いだ小峰とは、それ以来しだいに疎遠になった。速水が帰省した際に三人で飲みに行ったりもしたが、それも年に一度あるかないかで、回数は決して多くない。西田と最後に会ったのは一年前、小峰の葬儀のときだった。

高校卒業後、西田は自動車整備工場に就職した。何年か前に独立し、もともと父親が持っていた土地に工場を建てた。経営はおおむね順調らしい。速水が会いたいと言うと、ふたつ返事で了承した。うちに来いと言うので、できればふたりだけで話したいと伝えた。

翌日、速水は車で郷里に向かった。県外といっても、高速を使えば二時間で着く。特に用がないので実家には寄らず、じかに西田を訪ねた。

工場はバイパス沿いの、埃っぽい場所にある。交通量は多いものの、町の中心部から離れており、すぐうしろは一面の田んぼだった。農閑期の乾いた風景が広がる。駐車場に車を停めると、工場から西田が出てきた。まだ日中だったが、いまなら体が空いているという。

近所のファミレスに入った。喫煙席のボックスに座り、コーヒーを注文する。幸い、近くの席に客はいない。

西田は社名入りの作業服を着ている。もともと大柄な体に肉がついて、ふてぶてしさが増していた。目つきが鋭い上に坊主頭なので、道を歩いていたら人によけられるのではないだろうか。

「なんだよ、話って」

西田が切り出した。速水が思いつめた顔をしていたからだろう。金の無心じゃねえだろうな、と言った以外に、冗談を挿まなかった。

「おまえ、相川幸司を覚えてるか」

「相川……」

西田が忘れているはずはなかった。当時相川の死に何の感慨も抱かなかったとしても、日本刀を売り払おうとして失敗したことや、父親にさんざん絞られたことは、苦い記憶として残っているだろう。

「相川の葬式のとき、あいつの叔父だっていう男が話しかけてきただろ」

「ああ……」

「野間っていうそうだ。あいつが復讐を始めたらしい。現在、行方がわからない」

速水は自分の身に起きたことを話した。帰り道にロープが仕掛けられ、あやうく命を落としかけたこと。まるで犯行声明のように、現場に百合の花束が置かれていたこと。妻や息子が狙われ、いつまた襲われるかわからないこと――

西田は腕組みして聞いていた。表情がだんだん険しくなる。

西田とは、二週間前にも電話で話している。最初にロープを仕掛けられたときだ。速水はその時点で相川の叔父の関与を疑っていたが、西田の身辺に異変が起きていないと聞いて、いったん疑惑を引っ込めた。速水より罪が重いはずの西田が無事なら、犯人は別の人物ということになる。

西田が言った。

「もう二十年以上前じゃねえか。なんでいまさら」

「あいつが言ったことを覚えてるか。おまえたちの大切なものを奪いに行く。おまえたちがそれを手にするまで、何年でも待つ――」

「おれたちが相川をハメたっていう証拠はないはずだ」

「あいつはおれたちのせいだって決めつけてた。証拠なんて必要ないのかもしれない」

速水は、郷里への道すがら考えたことを言った。

「たぶん小峰のこともあるんだろう」

「小峰?」

小峰は一年前に他界している。膵臓癌《すいぞうがん》だった。進行が速く、本人が体の不調を感じて病院に行ってから、半年後の死だった。

「復讐しようにも、相手が死んじまったらどうしようもない。おれたちが生きてるうちに、決着をつけようと思ったのかもしれない」

西田は渋い顔をしている。速水は、一番訊きたかったことを訊いた。

「前に電話したとき、おまえのまわりで不審なことは起きてないって言ったな」

「ああ」

「ほんとにそうか。おれも最初の事件——息子が突き飛ばされたときには、野間のことなんて思い出しもしなかった。おまえが気づいてないだけで、何か起きてるんじゃないか」

「いや……」

「奥さんや娘さんは無事か」

西田には中学生の娘がいる。速水の言葉に眉をしかめた。娘が危険な目に遭うのを想像するだけで不快だったのだろう。昔はそんな一面があるとは思いもよらなかったが、娘が生まれてから急に子煩悩になったのだ。

西田は、まるで妻子に危害を加えようとしている張本人であるかのように、速水を睨んだ。

「おまえ、おれが無事なのが不満か」

「え?」

「おまえみたいに事故に遭ったり、家族を狙われてないのが不満か」

「そんなことは——」

「おれも同じ目に遭うべきだと思ってるんだろ」

「おれはただ、おまえと相談したかっただけだ。どうやったらあいつをとめられるか――。おまえ以外に、相談できるやつはいないじゃないか」

「おれは復讐なんか受けてない」

「西田……」

「おまえの勝手な思い込みなんじゃないのか」

おそらく西田は、相川のことを思い出したくなかったのだろう。最初は速水もそうだった。何の被害も受けていない西田にしてみれば、速水がいたずらに、過去のなきがらを掘り返しているように見えるのだろう。

「いや、思い込みじゃない。現に野間は姿を消してる。どこかにひそんで、いまこの瞬間もおれを狙ってるんだ。きっとおまえのことも狙ってる」

西田はぽつりと言った。

「迷惑だ」

「ん？」

「おれを巻き込まないでくれ」

意味がわからなかった。

「巻き込まないでくれ？　それは変だろ。巻き込まれたのはおれの方じゃないか」

「――どういうことだ」

「だってそうだろ。相川を自殺に追い込んだのはおまえだ。おれにも責任がないとは言わないが、おれはおまえの計画に乗っただけだ。おれだけ復讐を受けるなんておかしいだろ」

「やっぱりそれが本音か。要するに、不公平だって言いたいんだろ」

「そうじゃない。たまたまおれが先に狙われただけで、次はおまえかもしれないんだぞ」

「それはどうかな」

「なに?」

「たしかに、相川の件で一番責任が重いのはおれかもしれない。でも野間にとって一番許しがたいのは、おまえなんじゃないか」

「なぜ」

「たとえばその百合の花だ。相川を死に追いやったおまえが、形だけの花を捧げたことが許せなかったのかもしれない」

速水は言い返せなかった。ありえないことではない。

「あるいはおまえに恨みを持った誰かが、野間のふりをして復讐しようとしてる、とかな」

「あくまでおまえは無関係だって言うのか」

「そうだ」

断言されて言葉を失う。

「おまえは文句を言いに来ただけだ。本当はおれが復讐されるべきなのに、自分が身代わりになったと思ってる。おれを心配してるわけじゃない」

速水は西田を睨んだ。西田も睨み返している。怒りを押し殺しながら、速水は言った。

「おまえの言うとおりだ。おれがこんな目に遭ってるのはおまえのせいだ。だからおまえがなんとかしろ」

西田は答えない。

「野間は誤解してるのかもしれない。相川をハメたのはおれだってな。野間に言え。一番悪いのはおまえだって」

西田はなおもしばらく睨み返していたが、ふいに席を立った。速水に背を向ける。

「待て！」

店員やほかの客の目が集まる。

「西田！」

西田はそのまま、一度も振り返らず出ていった。広い店内に、ぽつねんと取り残される。

速水は自分の車に戻ったが、なかなか気持ちが収まらなかった。西田の態度は理解しがたい。敵意を向けるべき相手は、速水ではなく野間ではないのか。

このままでは帰るに帰れない。しばらく考えて、小峰の家を訪ねてみることにする。せっかく地元に戻った機会を無駄にしたくなかった。

電話したところ、小峰の妻は在宅していた。これから訪ねたいと言うと、急な申し出に驚きながらも、快く承諾してくれた。通り道にあるスーパーで菓子折りを買った。

小峰の実家は畳屋を営んでいる。父親が健在なので、小峰の死後も経営を続けていた。残された妻子は、いまも同じ家で暮らしている。

速水は仏前に線香を上げた。妻がお茶を出してくれ、ひとしきり世間話をした。看病疲れか、葬儀のときに見た妻はかなり憔悴《しょうすい》していたが、それから一年経ち、すっかり生気を取り戻していた。

速水には確かめたいことがあった。小峰の家族も、自分の家族と同じように野間の標的にされているのか。小峰には小学生の子供がふたりいる。

「最近、おかしなことはありませんでしたか」

「おかしなこと？」

「この前、うちの息子が不審者に突き飛ばされてね。こっちでもそんな事件があるのかと思って」

「そんな話は聞かないけど、ケガは？」

「あやうく車に轢《ひ》かれるところだった」

「怖いわ……」

小峰本人がいない今、家族に復讐しても意味がないということか。それとも野間が狙っているのは、やはり速水だけなのか。

小峰は相川のことを妻に話しているのだろうか。試しに訊いてみる。

「相川幸司という名前を知ってますか」

「相川幸司……」

「ええ」

「知ってます」

速水は逆に驚いた。小峰の妻はこの町の出身ではない。もともと相川を知っていたということはありえない。

「実はずっと気になってたの。主人が入院してるとき、病院に訪ねてきた人がいるんだけど、その人がその名前を言ったの。主人に訊いても、詳しいことを教えてくれないし」

「誰なんです」

「相川幸司？」

「いや、病院に訪ねてきた人」

「さあ、初めて会う人だったし。でも主人は知ってたみたい。病室に入ってきたとき、一瞬唖然《あぜん》としてたけど」

「男ですか」

「五十五、六だったと思うわ。背の高い人よ。わりとハンサムな」

速水は、野間だ、と思った。

「その人、突然入ってきたと思ったら、挨拶もなしに言ったの。幸司のことを話してもらおうかって」

うなずいて先を促す。

「主人は何も知らないって言ったわ。そしたらその人、死ぬ前にすっきりした方がいいんじゃないかって言うの。言うべきことを言わないままでは、死んでも浮かばれないぞって。主人は自分の病気のことを知ってたけど、それにしてもひどい言い草だと思いません？」

「ええ……」

「主人が何も知らない、帰ってくれって言ったら、おとなしく帰っていったんだけど。でも別の日に病院に行ったら、なんだか主人が不機嫌そうにしてて――。どうしたのって訊いたら、またその人が来たんだとか。そんなことが何度かあったわ」

野間の住まいはＩ県だという。そこからＨ県の病院に通っていたとすると、なまなかな執念ではない。

「相川さんて、主人の高校の同級生なんでしょ？」

「え？　ええ」

「いじめられて自殺したとか。主人はつきあいがなかったって言ってたけど、まさか主人がいじめたわけじゃないですよね？」

「いや、あいつはそういうやつじゃないから」

「そうよね。私もそう思うんだけど」

野間は証拠をつかもうとしていたのだ。速水たちの近況を探って、小峰が闘病中であることを知ったのだろう。死期の迫った小峰なら、真相を打ち明けるかもしれないと踏んだのだ。はたして小峰は話したのか。速水が小峰と会ったのは、死の数週間前に病室を見舞ったのが最後だったが、そのとき小峰は妙にしんみり、すまない、と言った。長いつきあいの速水に感謝を示したのかと思ったが、もしかすると野間に秘密をばらして、自分だけ心の平安を得たことを詫びたのかもしれない。

あるいは野間に脅されたのか。家族に危害を加えると言われたら、小峰は本当のことを言うしかないだろう。死後に家族を守るすべはない。

「西田には相談したのかな」

「どうかしら。ときどき電話で話してたみたいだけど」

高校卒業後に家を出た速水と違い、小峰と西田はずっと地元で暮らしていた。速水が疎遠になっていく一方で、けっこう頻繁に行き来していたらしい。しかし速水が相川の名前を出したとき、西田はピンと来ていない顔をした。小峰から野間のことを聞かされていたなら、もっと別の反応を示したはずだ。それともあれは、西田の巧妙な芝居だったのか。

小峰の妻が言う。

「西田さんには、いろいろとお世話になってて」

「そうなんですか?」

「お恥ずかしい話ですけど、お金を用立ててもらったことがあるんです。うちの運転資金が不足したとき」

「はあ」

「主人は亡くなったけど、当然お返ししようとしたんです。でも西田さん、返さなくていいって言ってくれて」

それは少し意外な気がした。高校時代、ふたりは単なる遊び仲間に過ぎなかった。くされ縁を続けるうちに、強い友情を感じるようになったのか。

「うちの子供たちのことも気にかけてくれて、休みの日に遊園地に連れていってくれたりするんですよ」

「そうですか……」

窓の外は日が翳りはじめていた。部屋の時計が鳴ったのを潮に、速水は小峰の家を辞した。


数日後、杉村から経過報告の電話を受けた。捜査に大きな進展はない。野間の消息は、依然としてつかめないままだった。

野間は失踪するとき、I県の自宅から車を持ち出している。いまも移動に使っていると思われるが、主要道路を避けているのか、一度もNシステムに引っかかっていないという。しかしI県から速水の住む町まで二百キロ以上ある。まったく高速を使っていないとは考えにくい。

杉村は、偽造ナンバーの使用を疑っているようだった。小峰の妻によると、野間は一年以上前に小峰のもとを訪れている。そのころから復讐の準備を進めていたとすれば、複数のナンバープレートを調達していてもおかしくない。

ひさしぶりに郷里を訪ねたことは、その日のうちに杉村に伝えてある。釈迦に説法だと思いつつ、西田の家を張り込んだ方がいいのではないかと提案した。いまのところその兆候はないようだが、このさき野間が西田の周辺に姿を現さないとも限らない。杉村によると、N市の所轄署の協力を得て、すでに監視体制を整えてあるという。野間が接近を図れば、すぐに察知できると断言した。

「しかし、なぜ速水さんなんでしょうね」

刑事も速水と同じ疑問を抱いたらしい。

「相川さんに罪を着せようと言い出したのは、西田さんなんでしょう?」

それについては速水なりに考え、ひとつの結論に達していた。野間から執拗な追及を受けた小峰は、おそらく西田に相談したのだろう。西田は、もし小峰が真実を話せば、自分が野間の復讐にさらされると考える。そこで小峰に、野間に嘘を教えるよう指示したのではないか。日本刀を盗み出し、その罪を相川に着せる計画を立てたのは速水だと――。自分と小峰は、速水の企みに巻き込まれたに過ぎないと。

小峰が、仲の良かった速水を陥れる理由はない。しかし小峰には借金があった。家族に負債を遺したくはなかっただろう。かわりに借金を棒引きしてやると言われたら、西田の命令に従うかもしれない。

確証がなかったので、杉村には西田を疑っていることを話さなかった。自分が主犯であると、野間に誤解されているかもしれないと言うに留めた。

ロープの一件のあと、速水や家族が狙われる事件は起きていない。警察のパトロールが強化され、さしもの野間も手を出せずにいるのだろう。しかし速水は油断ならないと思った。ガードが固くなることは野間も予想していただろうし、事前に策を講じているのではないか。

その日速水は、勤め先の設計事務所にいた。午後四時を回ったころ、妻から電話がかかってきた。胸騒ぎを覚えつつ携帯を耳に当てる。泰子はあえぐように言った。

「父が——父がやられたわ」

「お義父《とう》さん？」

「野間のしわざよ」

「何があった。落ち着いて話せ」

「散歩中に車に撥ねられたの。車は逃げたけど、窓から百合の花を投げ捨てていったそうよ。野間がやったのよ」

妻の両親は県内の別の市で暮らしている。父親はすでに定年退職しており、午後の散歩が日課だった。住宅街をひとりで歩いていたところ、うしろから来たセダンに引っかけられたという。泰子は母親から知らせを受けた。

野間は妻の実家まで調べ上げていたのだ。何も知らない義父を襲って、速水が自分の妻子だけ守っても無駄だと教えているのか。

「容態はどうなんだ。ケガしたのか」

「病院に運び込まれたみたいだけど、詳しいことはわからないの。母は心配ないって言ってるけど」

すぐに杉村に知らせなければならない。警察も想定していない事態だろう。

「私、父の病院に行くわ」

「え？」

「母も動揺してるだろうし、そばにいてやらないと」

「駄目だ」

「なぜ？」

「涼介をどうする」

「もちろん連れていくわ」

「今日中に帰れるのか。明日も学校だろう」

「こんなときだし、休ませるわ」

「おまえ、自分がどういう状況に置かれてるかわかってるのか」

「え？」

「おまえや涼介も野間に狙われてるんだぞ。いま家を離れては駄目だ。家にいれば警察が守ってくれる。学校の警備も強化されてるだろ」

「じゃあ、父を放っておけって言うの？」

「お義母《かあ》さんは心配ないって言ってるんだろ」

「よくそんなことが言えるわね。父がこんな目に遭ったのはあなたのせいよ」

「なに？」

「野間はあなたに復讐しようとしてるんでしょ？　あなたが警察に守られてるから、かわりに父が襲われたのよ」

「泰子……」

「それなのに父を放っておけって言うのね。父はあなたの身代わりになったのに。涼介や私が狙われてるのも、あなたが相川さんを殺したせいなのに」

速水は言葉が出なかった。何を言っても、泰子を激昂させるだけのように思われる。

「とにかく、父のところへ行くわ」

「もっと冷静になれよ。いまはバラバラになるべきじゃない」

「なら、あなたが復讐をやめさせて」

「え？」

「あなたが野間に謝ればいいのよ。謝って許してもらえるかどうかわからないけど、とにかく謝るべきなのよ」

「おれだってできればそうしたい。でも野間とは連絡の取りようがない」

「あなたは本気で私たちを守るつもりがないのよ。自分は何もしないで、警察が野間を逮捕してくれるのを待ってるだけじゃない」

「…………」

「父のところに行くわ。とめても無駄よ。もうタクシーを呼んであるの」

泰子は電話を切った。夜になって速水が帰宅すると、家は暗く、妻と息子の姿はなかった。妻に電話したが、病院の中にいるためか、携帯の電源は切られていた。

速水は、野間とコンタクトを取る方法がないか考えた。だが仮に話ができたとして、野間は聞く耳を持つだろうか。相川が自殺してから二十五年、ずっと復讐の時を待っていたのだ。土下座してみせたところで、いまさら速水を許すことはないだろう。もはや生きる目的となった復讐を、野間自身もとめられないのではないか。

深夜に電話が鳴った。速水はベッドから身を起こした。ようやく泰子が連絡してきたのか。番号は非通知だった。

「もしもし」

電話は無言だった。かすかな予感が胸をかすめる。もう一度呼びかける。

「もしもし？」

夜気の中で耳をこらす。やがて男がつぶやいた。低く、しかし明瞭な声だった。

「花を受け取ってくれたか」

「──おまえ」

「おまえが幸司に手向けてくれたのと同じ、白い百合の花だ」

「野間か」

言わなくてはならないことがたくさんあった。しかし何から言えばいいのかわからない。速水は言葉を絞り出した。

「もうやめてくれ」

すぐに答えはない。

「おれが悪かった。妻や息子に手を出すのはやめてくれ」

「駄目だ」

にべもなく言う。

「おまえはまだ知らないだろう。命より大切なものを失うということがどういうことか」

「おれが憎いならおれを殺せ。家族を巻き込むのはやめろ」

「本当はおれもそうしたい。家族に罪はないからな。でもおれは決めたんだ。おまえにおれと同じ苦しみを味わわせてやると」

速水は言葉につまった。

「第一、おまえを殺したくても、近づくことすらできないだろ。おまえのまわりを、警察ががっつり固めてる」

「おれがおまえに会いに行く」

「おれが会うと思うか。おまえだって、おとなしく殺されはしないだろ」

当たり前のことのように言う。

「だから家族を狙うしかない。妻子が駄目なら両親や兄弟、兄弟の妻子。そして女房の両親や兄弟」

「おまえ……」

底知れぬ憎悪を見せつけられた思いだった。野間にはどんな言葉も届きそうにない。

「おまえはさぞかし、おれを執念深い男だと思うだろう。いつまでも昔のことを忘れない、恨みがましい男だと——。おれは自分でもそう思う」

「…………」

「でも忘れられなかった。テレビでは毎日のように、子供が殺されたり自殺したりしたニュースが流れてる。おれはそのたびに幸司を思い出した。忘れるどころではなかったよ。怒りや悲しみは、日を追うごとに強まった」

しんみりとした口調に戸惑う。ただ聞いているしかなかった。

「子供を殺された親たちは、なぜ復讐しようとしないのだろう。あまりに悲しみが深すぎて、怒りを感じることができないのか。復讐は違法だと言われて、誰が決めたかもわからないルールに唯々諾々と従っているのか。ならば、せめておれだけでも実行してやる。復讐されるべきやつらが、みんな恐怖に慄《おのの》くように。夜も眠れなくなるほど、罪の重さに苦しむように」

野間はぽつりと言った。

「最近、姉がおかしいんだ」

「え？」

「義兄《あに》によると、ぼんやり宙を見つめてることが多いらしい。まだそんな歳ではないはずだが、認知症が始まったのかもしれない」

どう反応していいかわからなかった。

「二十五年間、ずっと悲しみを抱えていたら、それも無理のないことだろう。とうとう心が耐えられなくなったんだ。幸司さえ生きていれば、姉にも別の人生があったのに」

野間は再び口調を変えた。感傷を振り払ったようだった。

「おまえには兄貴がいるな。実家で両親と暮らしてる」

「ああ……」

「兄貴には娘がいる。おまえの息子と同じ、小学四年だ。いとこ同士だな」

「——何をするつもりだ」

「おまえのせいで娘を殺されたら、兄貴はおれを恨むかな。それともおまえを恨むかな」

「やめろ」

野間は答えなかった。思わせぶりな沈黙を漂わせる。

「やめろ！」

野間はなおも答えない。速水の荒くなった呼吸に耳を傾けているようだった。

どのくらいの間、重い沈黙と対峙していただろう。ふいに、つぶやきが耳に落ちる。

「ひとつだけ方法がある」

「え……」

「おれをとめる方法だ」

速水は息をつめて、次の言葉を待った。

「西田を殺せ」

「え」

「おまえが西田を殺したら、おれは復讐をやめる」

それは予期せぬ言葉だった。ここに来て西田の名前が出るとは思わなかった。しかし速水にとって、決して突飛な提案ではない。もともと西田こそ、野間に復讐されるべきだと思っていたのだ。

野間は真相を知っているのか。それを問い質そうとしたときだった。

「西田が死ねば、復讐は終わる」

念を押すように繰り返して、電話は切れた。

夜が明けるのを待たず、速水は杉村に電話した。野間から接触があったことを伝える。そのあと実家の兄にも電話した。速水を恨んでいる人物が、兄やその家族に危害を加えようとするかもしれないと話す。兄は驚いていたが、事情を説明すると、とりあえず用心すると言った。

速水はずっと、野間は誤解していると思っていた。相川を死に追いやった真犯人を、速水だと信じ込んでいると思っていた。しかし西田の死を望んでいるということは、誰が本当の首謀者か知っているのだ。もしかすると小峰は、野間に真実を打ち明けたのかもしれない。

野間はこれまで、速水と家族にくりかえし攻撃を仕掛けてきた。しかしその方法は確実性を欠いていて、実際に死に至ることはなかった。きっと生殺しを楽しんでいるのだろうと思ったが、野間の望みは速水の死ではなかったのだ。本当に殺したいのは西田なのだ。ただし自分で手を下すのではなく、速水を追いつめ、速水に代行させようとしている。ふたりを同時に破滅させることが狙いなのだ。

自分だけが被害に遭い、西田が無事でいることに、速水は不満を抱いていた。おそらくそれも野間の狙いだったのだろう。ふたりの間に亀裂を生じさせようとしたのだ。

だが、野間の操り人形になるつもりはなかった。すでに西田への友情はあらかた失われているが、どうせ誰かを殺さなくてはならないなら、西田ではなく野間を殺す。それ以上確実に復讐を終わらせるすべはない。

ただ問題なのは、野間の居場所がつかめないことだった。野間がさらに家族への攻撃を続けるなら、速水も同じ方法で対抗せざるを得ない。野間には娘がふたりいるという。娘を通じて野間に謝罪したいと言えば、警察はふたりの住所を教えてくれるのではないか。速水が娘を車で撥ね飛ばしたら、野間は血相を変えて姿を現すだろう。

妻はまだ帰ってこない。速水は電話してみたが、夫に対するわだかまりが消えていないのか、しばらく実家で過ごすという。義父はすでに退院しており、息子も元気らしかった。

土曜日になった。家族のいない家で、速水は悶々と休日を過ごした。昼下がり、インターホンが鳴った。

外に出ると、門扉の向こうに制服の警官が立っていた。その横に、よく見知った顔がある。

「西田？」

警官が速水に一礼した。

「こちらの方はお知り合いですか」

「ええ、友人です」

警官は西田に、失礼しましたと頭を下げた。踵《きびす》を返して立ち去る。

「おれが入ろうとしたら、どこからともなく現れた」

西田は目を丸くしている。

「ずいぶん厳重だな。ずっとおまえんちを見張ってんのか」

「ああ。そうらしい」

家に招じ入れながら尋ねる。

「今日はどうしたんだ。突然で驚いたよ」

家を建てたばかりのころ、西田と小峰を招いたことがある。西田は住所を覚えていたのだろう。

「おまえに訊きたいことがあってな」

「訊きたいこと？」

「野間のことだ」

西田を居間のソファに座らせた。車を近所の空き地に停めているらしいので、ビールは出せない。やかんを火にかけ、お茶を淹《い》れる。

西田は神妙な顔で言った。

「この前は悪かったな。せっかく来てくれたのに、おまえを怒らせるようなことを言って」

「いや……」

「奥さんは？」

「実家に帰ってる。父親が襲われたんだ」

「野間にか」

「ああ。おれの両親や兄貴も狙われてるらしい」

西田はしばらく考えに沈んだあと、心を決めたように言った。

「実は、娘が襲われたんだ」

「え？」

西田の娘は、たしか葉月《はづき》という。前に西田の家を訪ねたとき顔を合わせた。

「娘は中学生だ。自転車で学校に通ってる。下校途中に、うしろから車をぶつけられた」

「いつだ。ケガは？」

「昨日だ。ケガは大したことない。車はすぐに走り去ったらしい」

義父の事故のときと同じだった。

「この前おまえから野間のことを聞いて、一応家族には気をつけるように言ったんだ。娘にも外出中はひとりになるなと言ったんだが、あんまり深刻に考えてなかったんだろう。おれもちゃんと説明しなかったからな。なにしろあいつはお父さん子だ。いじめられっ子を自殺に追い込んだとは言えない」

「警察に知らせたのか。おれの実家もあるし、野間はまだ近くにいるかもしれない」

「知らせた。検問を敷くようなことを言ってたが、何も連絡がないってことは、まだ捕まってないいんだろう」

「野間は、おれにおまえを殺せと言ってきた」

「なに？」

「おれを事故に遭わせたり家族を襲ったりして、おれを追いつめようとしてたんだ。やつの命令に従わざるを得なくなるように」

西田は顔をしかめた。ようやく野間の恐ろしさを理解したらしい。

「おれが言うとおりにしないんで、直接おまえを攻撃することにしたのかもしれない」

「おまえ、野間と連絡とれるのか」

「いや」

「そうか――」

そのとき電話が鳴った。ソファを立って受話器を取る。杉村からだった。

「西田さんから連絡がありませんでしたか」

「西田ですか？」

速水は振り返った。西田はじっと見返している。

「どうかしたんですか」

「現在、行方不明です」

「え?」

話を察したらしく、西田は首を横に振った。自分がここにいることを教えるなというのだろう。

「昨日、西田さんの娘さんが車に撥ねられました。現場に百合の花が落ちていたそうです。野間のしわざでしょう」

「警察が西田の身辺を見張ってたんじゃ……」

「そのはずでしたが、速水さんのお義父さんが撥ねられたので、やはり野間の狙いは速水さんではないかと——。姪御さんも狙われてるようですし」

西田は不機嫌そうに押し黙っている。速水は、とりあえず刑事の話を聞くことにした。

「現場には大破した自転車と、通学バッグが残されていました。娘さんは連れ去られたようです。もしかすると、重傷を負っているかもしれません」

「え——」

「事態を受けて、地元の警察が西田さんのお宅に詰めています。いまのところ野間から接触はない。ところが今口になって、急に西田さんがいなくなってしまった」

速水が混乱している間に、杉村は話を締めくくった。

「もし西田さんから連絡があったら、すぐに知らせてください」

受話器を置いて、西田を振り返ろうとしたときだった。いきなり拳が飛んできた。衝撃で床に倒れる。身を起こす間もなく、胸の上に巨体がのしかかった。

何かが首に巻きついた。両手で引きはがそうとするが、強い力で締めつけられる。細いロープのようだった。目の前で西田が歯を食い縛っている。速水は片手でロープをつかんだまま、もう一方の手を振り回した。手当たりしだいに殴りつけるが、十分な力が入らない。

さまよった右手が何かをつかむ。電話台から落ちたカットガラスの花瓶だった。朦朧としながら、坊主頭に叩きつける。

西田が呻きを上げた。ロープが緩んだ一瞬に、渾身の力で撥ねのける。距離を取って立ち上がった。

あえぎながら言う。

「何をする」

西田も立ち上がった。隙を見せまいとする、ゆっくりとした動きだった。

「おれの携帯に野間から連絡があった」

「なに？」

「娘はやつに捕まった。車のトランクに閉じ込められてるらしい」

「警察に言ったのか」

「いや。言ったら娘の身が危ない」

いつ襲いかかられてもいいように、速水は花瓶を握り直した。

「野間は言った。娘を返してほしければ、速水を殺せと」

「それでおれを殺しに来たのか」

「どうやら野間はどっちでもよかったらしいな。おれがおまえを殺すのでも、おまえがおれを殺すのでも」

「悔しくないのか。野間にいいように踊らされて」

「ほかに娘を助ける方法がないなら仕方ない」

「本気でおれを殺す気か」

「ああ。本気だ」

悪びれたようすもなく言い切った。速水を睨めつける。

「おまえ、野間に話したろ」

「何をだ」

「野間は、相川をハメたのはおまえだと思ってたはずだ。おれが狙われるいわれはない。おまえが野間に、おれが首謀者だと話したんだ」

速水は、やはり、と思った。真相を探ろうと小峰に近づいてきた野間に、西田は小峰を使って、すべて速水のせいだと吹き込もうとしたのだ。見返りに、小峰の借金をちゃらにした。

「おれは話してない。おまえと小峰の間でどんな話が出来てたのか知らないが、たぶん小峰は本当のことを話したんだ。あいつにも良心が残ってたのかもしれないな」

「野間は知ってたって言うのか。それならなぜ、最初からおれを狙わない」

「おそらく小峰から、おまえがおれのせいにしようとしてることを聞いたんだろう。おれだけを狙ってるふりをして、おまえを油断させたんだ」

西田はポケットに手を入れた。折りたたみ式のナイフを取り出す。速水は息を吞んだ。

「おまえ、正気か」

「おれはおまえとは違う。警察任せにはしない」

「さっき見ただろ。すぐそこに警官がいる。大声を出せば飛び込んでくる」

西田は笑みを浮かべた。

「それはどうかな。これだけドタバタしても気づかないってことは、あいつは近くにいない。パトロールにでも行ったんだろう」

「…………」

「おれがいれば、不審者は近づけないと思って安心したんだな。試しに呼んでみろよ。

どうせ間に合わない。おまえを刺したあとなら、捕まってもかまわない」

速水はあとずさりした。西田がにじりよってくる。手のひらが汗ばんで、ガラスの花瓶がぬるぬるした。もう武器にはならない。

西田はさらに距離を詰める。速水はうしろ向きのまま、居間からダイニングに移動した。四人掛けのテーブルを回り込んで、キッチンに目を走らせる。視界のすみに、調理台の上のナイフスタンドを捉えた。

テーブルに阻まれて、西田は攻めあぐねているようだった。ふいにテーブルの端をつかむと、馬鹿力で引っくり返した。茶器や小物が投げ出される。

速水は焦った。テーブルをかわしていたら、その間に西田に攻め込まれる。しかし西田もまた、倒れた椅子に足を取られていた。速水はナイフスタンドの包丁に手をかける。振り向きざま、全力で突き出した。

いやな手応えがあった。思わず手を放す。包丁は西田の首に突き立っていた。口を大きくひらくが、その叫びは声にならない。鮮血を噴き上げながら、背中から床に倒れた。着衣がみるみる赤く染まる。やがて痙攣《けいれん》が収まったあとも、血だまりは広がりつづけた。

調理台にもたれて呆然とする。頬を伝う不快感で我に返った。タオルを手に取り、返り血を拭う。

速水は、自分でも驚くほど落ち着いていた。これが殺人であるのは間違いない。しかし正当防衛であることも確かだった。西田を殺せば復讐は終わる——。包丁を突き出す瞬間、その計算が頭をかすめなかったわけではないが、死という決定的な結果を招いたのは、速水を殺そうとした西田白身だ。

ふいに着信音が鳴った。自分の携帯ではない。西田の上着のポケットで鳴っている。速水は無視しようとした。しかしふと、野間から連絡があったと言っていたのを思い出す。かけているのは、もしや——

携帯を取り出し、耳に当てる。

「西田か」

聞き覚えのある声だった。思わず言う。

「野間か」

一瞬、沈黙があった。野間も気づいたようだ。

「西田じゃないな。——速水か」

「ああ」

「なぜおまえが出る。西田はどうした」

「西田は——死んだ」

「死んだ?」

「西田はおれを殺しに来た。だから、おれが西田を殺した」

野間は何も言わない。

「おまえの言うとおりにしたぞ。これで復讐は終わりだな」

「本当に殺したのか」

「本当だ。包丁で刺した。これから警察を呼ぶ。ニュースになれば、おれが嘘を言ってるんじゃないってわかるだろ」

野間は速水の言葉を吟味しているようだった。沈黙が続く。

「おまえの望みどおり、おれは人殺しになった。もう妻や息子に手を出すな」

真実の響きを感じ取ったのだろうか。野間は、厳かでさえある口調で言った。

「いいだろう。おまえはツケを払った。これで終わりだ」

その言葉を聞いても、何の感慨も湧かなかった。けだるい敗北感しかない。野間はどうなのだろう。ついに復讐を果たして、甘美な達成感に浸っているのか。復讐の無意味さに気づいて、虚無感に襲われてはいないのか。電話ごしの気配に変化はない。

「約束するか。絶対に家族に手を出さないと」

「約束する。おれにはまだ、片づけなくてはならない仕事がある。そうそうおまえたちにばかり構ってもいられない」

にわかには信じられない。これまでの速水への執着を、あっさり捨て去ったというのか。

「最終的に幸司を追いつめたのはおまえたちだが、その前からあいつをいじめてたやつらがいる。連中にも落とし前をつけてもらわないとな」

ふいに口調が変わった。声に苦渋がにじむ。

「おれには時間がない」

「ん?」

「皮肉なものだな。小峰と同じ病気だ。半年前に宣告された。いずれ自由に動けなくなるだろう。そうなる前に、何としてでも決着をつける」

「………」

「安心しろ。もうおまえの前には現れない。電話することもないだろう」

目の前に西田が横たわっている。速水は、西田が訪ねてきた理由を思い出した。西田には、殺人を犯してでも守りたいものがあったのだ。

「西田の娘をどうした」

「葉月か。まだトランクの中にいる」

「どうするつもりだ」

「気になるのか。西田の娘がどうなろうと、おまえの知ったことじゃないだろう」

「殺すのか」

「馬鹿言うな。おれは人殺しになるつもりはない」

それは、たったいま人殺しになったばかりの速水に対する嘲弄《ちょうろう》だったのか。

「おれには娘がふたりいる。もう縁を切ったつもりだが、あいつらを人殺しの娘にするわけにはいかない」

「葉月をどうするつもりだ」

「西田が死んだなら、もう人質は必要ないな」

「解放してやれ」

野間は思案しているようだった。たっぷり時間をかけてから言う。

「おまえが解放してやれ」

「え?」

「車を停めた場所を教える。おまえの実家から遠くない。おまえがトランクから出してやれ」

「なぜおれが」

「それが復讐を終わらせる条件だ。おまえは西田を殺した。娘のために、そのくらいしてやってもいいだろう」

いやとは言えなかった。

「車はいずれ乗り捨てるつもりだった。もう次の車を用意してある」

野間は車のありかを告げた。その場所の目印になるものを言う。

「いいか。おまえが自分で娘を助けるんだ。警察にやらせるんじゃないぞ。おまえが言うとおりにしたかどうか、あとで葉月に確かめる」
沈黙が落ちた。すべての興味を失ったように、電話はぷつりと切れた。

速水は郷里の町にいた。道が混んでいたため、着いたときにはすっかり夜になっていた。

家を出るとき、パトロールから戻ってきた警官に呼び止められた。これからお出かけですか、と訊かれたが、言葉を濁して車を出した。まだ事実を話すわけにはいかない。西田は酔いつぶれて、家で寝ていることにした。

野間の車は、川沿いの空き地に停められていた。周囲には冬枯れの田んぼが広がっている。目印として教えられた橋や水門は、すでに濃色《こきいろ》の闇に没していたものの、この土地で生まれ育った速水には、もともと場所の見当がついていた。

空き地に向かう前に、地元の警察署に立ち寄った。野間が罠を仕掛けていないとも限らないので、ひとりで行くのは危険だと判断したのだ。対応に出た署員に、誘拐犯から連絡があり、人質の監禁場所を教えられたと話す。すでに誘拐事件の捜査本部が設けられており、速水は刑事や機動隊員とともに、パトカーで現場に向かった。

車は、後部をこちらに向けて停まっていた。幾条ものヘッドライトが、オリーブ色の車体を照らす。まもなく救急車も駆けつけ、いよいよ準備が整った。まずは機動隊員が車に近づき、周囲に異状がないか確認する。野間がひそんでいるようすはないようだった。

刑事が車に向かって呼びかける。

「葉月ちゃん、警察です」

トランクを内側から叩く音がした。速水も車に近づく。

車のキーは挿しっぱなしになっていた。隊員がトランクのロックを外す。速水があけようとするのを制して、刑事が用心しながら持ち上げた。

制服姿の少女がいた。葉月だった。さるぐつわをかまされ、両手を後ろ手に縛られている。両足もナイロンロープでくくられていた。大勢の男たちに驚いたのか、目を丸くしている。

刑事たちには、野間から自分の手で葉月を助けるよう言われたことを話してある。証拠保全のための白い手袋を与えられていた。葉月を抱き起こし、さるぐつわを外す。

父親の友人の顔を覚えていたのだろう。ロープをほどく間、葉月はずっと速水を見つめていた。泣き出すのではないかと思ったが、案外落ち着いているようだった。まだ恐怖から覚めきっていないのかもしれない。

荷室のすみに、しおれた花が一輪落ちていた。野間が犯行現場に投げ捨てた百合の残りだろうか。解放されたことを信じられずにいるかのように、葉月は自由になった自分の手を見つめた。トランクのへりをまたいで、自力で地面に降り立つ。

「ケガはないか」

無言で速水を見返している。その視線の射るような光にたじろいだ。

葉月がつぶやく。

「父を殺したんですか」

「え……」

「父を殺したんですか」

刑事たちはきょとんとして、速水と葉月を見比べている。速水は少女を見つめ返した。真剣なまなざしに嘘で応じるわけにはいかない。もとより、自分のしたことを隠すつもりはなかった。

「殺した」

周囲がざわめく。

「お父さんがおれを殺しに来た。だから仕方なかった。おれがお父さんを殺した」

葉月は目を見開いた。みるみる蒼白になる。

「あの人が言ってた。速水さんが、あの人の甥っ子を殺したって――」

速水は黙っていた。いまさら弁解するのも空しい。

「父も殺したんですね」

葉月はうつむいてポケットに手を入れた。ごそごそとまさぐる。何をしようとしているのかと、刑事たちものぞきこむ。

葉月が顔を上げたとき、その手にナイフが握られていた。速水は息を呑んだが、制止するひまはなかった。正面から突っ込んでくる。

うしろざまに倒れた。焼けつくような痛みが腹に差し込む。一緒に倒れ込んだ葉月が、いくつもの手に引き起こされる。刑事が声を張った。

「何をするんだ！」

「あの人がやれって。あたしがやらなかったら、あの人がお母さんを殺すって。お父さんの工場に火をつけるって」

葉月の叫びを、速水は他人事のように聞いていた。痛みから逃れようと地面を転がる。男たちが集まってきて、四方から速水に手を伸ばした。体が持ち上がり、担架の上に乗せられた。

これが野間の狙いだったのか。復讐の終わりとはこのことか。二十五年前のよく晴れた日、一度だけ会った男の顔が、突然くっきりと浮かび上がる。

頭上で夜が回っていた。月のない暗い夜だった。しかし本当の夜なのか、二度と明けない死の闇に取り込まれているのか、もはや区別がつかなかった。
妻と息子の顔が脳裏をよぎる。そして、速水の意識は途絶えた。

階段室の女王

踊り場に女が倒れている。

1Fに向かう足をとめ、私はぼんやりと見下ろした。

8Fと7Fの間の踊り場だ。灰色のリノリウムに手足を投げ出し、あおむけに横たわっている。

私はUKパンクをとめ、耳からイヤホンを引き抜いた。このまま降りていくと、女の横を通り抜けることになる。もしかすると死んでいるかもしれないし、足を進める気になれなかった。

重い防火扉をあけ、8Fの内廊下に出る。窓のない階段室にいたせいか、ほのかなダウンライトが、やけに明るく感じられる。

人の姿を探した。女が倒れていることを伝えて、救急車を呼んでもらうのだ。しかし平日のこの時間、勤め人や学生は出払っている。大型マンションといえども、在宅中の住人は少ない。長い廊下はひっそりと静まり返って、同じ色のドアが並んでいるだけだった。

どこかの部屋のインターホンを押してみようか。だが、どう切り出せばいいのだろう。いきなり女が倒れていると言っても、まともに取り合ってもらえないのではないか。死んでいるかもしれない、などと言おうものなら、気味悪がって、ドアをあけてくれないだろう。

悪くすると、私が不審者だと思われてしまう。五年来の入居者だし、やましいことなどまったくないが、この階の住人が私の顔を知っているとは限らない。ときどき部外者がうろついているという噂もあり、12Fの野口《のぐち》だと名乗っても、それだけでは信用してもらえないかもしれない。

そもそも人が倒れているのを発見したなら、どうして自分で救急車を呼ばないのだと言われるだろう。年端《としは》のいかない小娘ならともかく、私もれっきとした大人なのだ。無職とはいえ、自分の携帯くらい持っている。

要するに、私は誰かに押しつけてしまいたいのだ。救急車を呼んだ経験など一度もないし、いざ呼ぶとなると気が重い。電話を一本かけるだけに過ぎないが、誰かが肩代わりしてくれるなら、それに越したことはない。第一、見ず知らずの他人のために、どうして私がそんな厄介事を引き受けなくてはならないのか。ひとことで言えば、面倒くさい。

だが、誰かに電話してもらうのも大仕事だ。運よく、私がマンションの住人であることを信じてもらえたとしても、普通ならエレベーターを使うはずの12Fの住人が、なぜ階段を降りていたのか、その点に疑問を持たれるかもしれない。わざわざ人に話すようなことではなかったが、尋ねられたら答えないわけにはいかない。

絶望的だった。自分で電話するのはおっくうだが、誰かに電話してもらうのも骨が折れる。救急車を呼ぼうと思ったら、どっちみち煩わしい思いをしなくてはならないのだ。女を見つけてしまった不運に、無性に腹が立ってくる。

しかしすぐに気づいた。どうしても気が進まないなら、無理に救急車を呼ぶ必要はない。踊り場に女が倒れていることは、私ひとりしか知らないのだ。このまま立ち去ってしまっても、誰にも咎められることはない。

何も見なかったことにして、防火扉をあとにする。そそくさと廊下を進んだ。さすがに女の横を通り抜けるのは気が引けるので、エレベーターで1Fに降りることにする。

ふと足をとめた。なけなしの良心が頭をもたげたのだ。女は身動きしていなかったが、もしかするとまだ息があり、いますぐ救急車を呼べば、命を取りとめるかもしれない。見て見ぬふりを決め込んだら、私が見殺しにしたことにならないか。

もっと下の階なら、たまたま住人が通りかかることもある。私が何もしなくても、そのうち誰かが女を発見するだろう。だが7Fや8Fの住人は、まず間違いなくエレベーターを使う。踊り場に倒れている女が、今日中に発見される可能性はゼロに近い。次に発見されたときには、すでに手遅れになっているということも考えられる。

私は踵を返した。もし女が死んでいるなら、このまま置き去りにして問題ない。しかし私のせいで命を落としたとなると、のちのち寝覚めが悪いだろう。一応、生死を確認しておいた方がいい。

扉の前に着いた。あいかわらず廊下にひとけはない。誰にも見られることなく、再び足を踏み入れる。

降り口に立って、ぐったりと横たわる女の胸に目をこらした。わずかでも上下に動いていれば生きている。しかし踊り場の蛍光灯はうす暗く、なかなか確信を持つことができなかった。

もっと近くに行く必要がある。おそるおそる階段を降りた。死んでいたらイヤだが、急に目を覚まされるのも怖い。

女は頭をこちらにして、爪先をむこうに向けていた。おそらく階段を降りているときに足を滑らせたのだろう。うしろに引っくり返って頭を打ち、ずるずると滑り落ちていったのだ。ミニのスリップドレスがずりあがり、太股が露わになっている。

何段か上で足をとめ、そっと女をのぞきこむ。そして私は、思いがけないものを見た。

煩わしさが先に立って、うかつにも今まで気づかなかったが、そこに倒れているのは顔見知りだった。

私と同じ、12Fの住人だ。名前は何といっただろう。うちの並びに住んでいる、銀行員の一人娘だ。ときどき廊下ですれちがったり、エレベーターに乗り合わせたりする。

私より三つか四つ年下だ。うちの母はこの子の母親と話すらしく、ネイルアートの勉強をしていると聞いた。髪を明るい色に染め、いつもキラキラしたギャル系のいでたちをしているが、私はこの子が嫌いだった。

廊下で会っても挨拶ひとつしない。私を見ると、あからさまにそっぽを向く。誰に対してもそうなのかと思ったが、12Fのほかの住人とは、愛想よく言葉を交わしていた。二年ほど前に越してきたときから、この子は私を馬鹿にしている。

たぶん私がおばさんくさい、野暮ったい身なりをしているからだろう。この子のように、自分を可愛く見せることに命をかけている連中からすると、同じ女として許せないのかもしれない。たしかに私はおしゃれに気を遣っているとは言えないし、どうせ近所をうろつくだけなので、外出時にも、ろくに化粧をしていない。しかし私がどんなにダサダサのダメ女だろうと、この子に迷惑をかけることはないはずだ。きっと私を見下すことで、自分の可愛さを再確認しているのだろう。

ネイルアートの勉強をしているというが、それも怪しいものだと思う。一体どんなスクールに通っているのか、いつもちゃらちゃらした格好をして、遊びに行くところにしか見えなかった。おおかた学生であることを口実にして、ふらふら遊び回っているのだろう。

ふっと苦笑を洩らす。定職にもつかず、毎日ぶらぶら遊んでいるのは、私自身も同じだった。せっかく大学まで出してもらったのに、どんな会社にも馴染めそうになくて、あまり身を入れて就職活動をしなかった。結局、卒業してから一年以上、ずっと家でごろごろしている。もう馴れてしまったのか、父も母も、早く仕事を見つけて独立しろとは言わない。そのかわり母は、せめて合コンに行けとうるさかった。

私は踊り場に降り、女の鼻の前に手をかざした。あるかないかの、かすかな呼気が指に当たる。どうやら死んではいないらしい。出血や大きなケガは見当たらないので、たぶん脳震盪を起こしただけだろう。

女が生きていることはわかったが、私は救急車を呼ぶ気になれなかった。明らかに自分を馬鹿にしている相手を、進んで助けてやろうとは思わない。ただ眠っているだけにしか見えないし、そのうち勝手に目を覚ますのではないだろうか。

あらためて全身を眺めた。今日もどこかに遊びに行くところだったらしく、蝶のプリントのスリップドレスに、黒いレースのカーディガンを纏《まと》っている。自称ネイリストだけあって、金色の爪には、無数のラインストーンがちりばめられていた。倒れた拍子に脱げたのか、厚底のサンダルが床に転がり、放り出されたブランドバッグから、メイク道具がこぼれている。

ふと疑問に思う。女はなぜ階段を降りていたのだろう。私よりはるかに細くて、足腰に自信がありそうには見えないが、なぜエレベーターを使わなかったのか。まさか、私と同じ理由ではないだろう。

レンタルショップに映画のソフトを返しに行くため、私が自分の家を出ると、エレベーターの前に小島《こじま》のばばあが立っていた。12Fの住人の中で、最も近づきたくない人物だ。詮索好きで、人の顔を見るたび、あれやこれやと聞きほじる。毎回毎回、いい勤め先が見つかったかと訊かれるのにも閉口していたが、私に彼氏ができたかどうかなど、いちいち報告する義務はなかった。愛用のエコバッグを手にしているところを見ると、近所のスーパーにでも行くのだろう。私は口をききたくなかったので、ばばあがこちらに気づく前に、廊下の途中にある階段室に滑り込んだ。

ひょっとして女も天敵に出くわしたのか。それで階段室に逃げ込んだなら大いに共感を覚えるところだが、そんなしおらしい性格とも思えない。ダイエットがてら階段を使っただけか。

それにしても、一体いつからこうしているのだろう。私が家を出たのは二時ごろだが、女が一般の学生のように朝のうちに家を出たのなら、もうずいぶん長いこと、ここで寝ていることになる。いいかげん意識を取り戻してもいいのではないか。

考えどころだった。女はこのあと目を覚ますのか、それともすでに手遅れか。まだ助かる見込みがあるなら救急車を呼ばないでもないが、医者でない私に、正確な診断は下せない。ただはっきりしているのは、仮にこのまま死んでしまっても、この女なら、それほどどうしろめたくないということだ。

私は踊り場に背を向けた。8Fに戻って、エレベーターで1Fに降りることにする。やはりそれが一番てっとり早い。

階段を昇っているとき、ふと視線を感じた。目を覚ましたのかと思ってぎょっとする。しかし気のせいだったらしく、女のようすに変化はない。

再び目を向けて、私は奇妙なことに気づいた。サンダルは左右とも脱げ落ちているが、どちらも女の体の右側――しかも、投げ出された腕のこちら側に落ちている。脱げたときに床で弾んだとしても、そこまで飛ぶとは考えづらい。そもそもストラップが留められていたら、そうそう脱げてしまうものではないだろう。

まるで自分でサンダルを脱ぎ、それを右手に持っていたかのようだ。女は寝坊でもしたのだろうか。急いで階段を降りねばならず、足手まといになる厚底のサンダルを脱いだのか。

しかしそれはありえない。裸足になれば足が汚れてしまうし、これからお出かけだというのに、おしゃれなこの子がそんな無謀な真似をするはずがない。もし自分で脱いだとしたら、そこまでせずにいられないような、切羽詰まった状況に追い込まれていたのだ。たとえば、誰かに追われていたとか――

私は想像をめぐらせた。女が家にいるとき、いきなり殺人鬼が押し入ってきたとする。家族が襲われている間に脱出し、助けを求めて声を上げるが、長い廊下には誰もいない。隣家のインターホンに手を伸ばすも、ぐずぐずしていたら殺人鬼が追ってくるかもしれない。とにかく逃げようとしてエレベーターに向かうが、エレベーターの到着を待っていたのでは、その間に追いつかれる。途方に暮れたとき、廊下の途中にあるドアが目にとまって、夢中で階段室に飛び込む――

逃げ切ってから履くつもりで、脱出する際にサンダルを持ち出したと考えれば説明がつく。しかし命の危険にさらされているときに、そんな余裕があるだろうか。着の身着のまま逃げ出すのが自然だろう。女が襲われたのは、在宅中ではなかったのか。普通にサンダルを履いて家を出たあと、廊下で殺人鬼と遭遇したのか――

そのとき頭上で音がした。小さな音だったが、想像にふけっていた私は飛び上がる。ドアのノブが回る音だった。上の方の階で、誰かが階段室に入ってきたのだ。

手すりの隙間を見上げる。最上階の18Fらしい。廊下から光が差し込んで、暗い天井がうっすらと明るんだ。反響を残してドアが閉まる。

足音が階段を降りてきた。私は踊り場と8Fの間で耳をこらす。もしここまで降りてくるようなら、その前に廊下に出てしまわなくてはならない。

革靴のような硬い足音ではなかったので、たぶんスニーカーだろう。私の頭上を通り過ぎ、踊り場で向きを変えて、さらに下に降りてくる。私は音を立てないように気をつけながら、そろそろと昇りはじめた。

再びノブの回る音がした。軋みを上げてドアが閉まると、すでに足音はやんでいる。最上階で階段室に入ってきた人物は、ひとつ下の階に降り、その階の廊下に出ていった。私はほっと息をつく。女が追われているところを想像していたので、殺人鬼が階段を降りてきたような錯覚に囚われた。ひとり苦笑しながら、肩に入った力を抜く。

きっと今の足音は18Fの住人だろう。ひとつ下の階に用があり、階段を使って移動したのだ。一階下に降りるだけなら、わざわざエレベーターを待つまでもない。

私はこれまで、階段を使うのは低層階の住人だけだと思っていた。しかし高層階の住人でも、すぐ下の階に知り合いがいれば、日常的に階段で行き来しているだろう。私は別の町で生まれ育ち、子供時代をこのマンションで過ごしていない。家を訪ねるほど親しい知人がいないので、ほかの階に行くことなど、思いつきもしなかった。

18Fの住人がそうしているということは、この階の住人も階段を使うかもしれない。ぼやぼやしていたら、また誰か入ってきてしまう。急いで出た方がよさそうだ。

残りの階段を昇って、8Fのドアの前に立った。最後にもう一度、踊り場の女を振り返る。いまの足音で目を覚ましたかと思ったが、依然として意識がない。せいぜい早く発見されるよう、同じ階に住むよしみで祈ってやる。

我ながらちょっと驚く。私は自分で思っている以上に、この女を憎んでいたのかもしれない。そうでなければもう少し、良心の呵責《かしゃく》を感じてもいいはずだ。

ずっと引っかかっていたことがある。一年ほど前の出来事だ。近所のコンビニに行こうとした私は、12Fの廊下で女と行き合った。女は友達を連れていた。同じようななりをした、暑苦しいメイクの女だった。

私と女は、いつものように無言ですれちがった。しかし次の瞬間、女が友達に何か囁き、ちらっと振り返って笑いを洩らした。おそらく私のことを、モサいやつ、とでも言って笑ったのだ。

私は一度も女の悪口を言ったことがないし、敵対的な態度を取ったこともない。罵言をぶつけられる理由はないはずだった。だからそのときは、思い過ごしだと思って気にしないことにしたのだが、自分をごまかしても仕方ない。女は私を笑ったのだ。そして自分が笑ったことを、私に気づかれてもいいと思ったのだ。かげで笑うならともかく、あからさまに侮辱したのだ。

ニートとして暮らしていれば、何にも心を乱されずに済むはずだった。ブス、根暗、負け組、グズ——昔から私についてまわる世間の評価と、二度と向き合わずに生きられるはずだった。しかし女の存在が私の平和を掻き乱す。侮辱されることには馴れっこはいえ、いくつも年下の——しかも、ろくに学校も出ていないような小娘に、嘲笑を浴びせられるのは心外だった。いまさら復讐してやろうとは思わないし、こんなバカ女に愚弄されるのも、もとを正せば自分自身の憶病な生き方のせいにほかならないが、私は心の奥底で、ずっと女を恨んでいたのだ。

こんな小娘、死んでしまえばいい。そう思っていることを自覚する。女の身に何が起きたのか知らないが、自業自得という言葉しか浮かばない。

私はドアに手をかけた。無造作にあけてしまいそうになって、すんでのところで思いとどまる。私がここにいたことは、誰にも知られてはいけないのだ。

さっきは何も考えずに廊下をうろうろしてしまったが、もう軽率な真似はできない。ドアに耳を近づけてようすをうかがう。足音や話し声が聞こえないのを確認してから、そっとノブを引く。

足を踏み出そうとしてハッとした。体を階段室に引き戻し、あけたばかりのドアを閉める。重大な事実を思い出したのだ。

私はさっき、エレベーターの前に小島のばばあが立っているのを見て、慌てて階段室に飛び込んだ。ばばあは横を向いていたし、少なくとも二十メートルは離れていたので、私のとっさの行動に気づいたとは思えないが、もしかすると視界のすみで、一部始終を見ていたかもしれない。

もし目撃されていたとすると、あとで女が誰かに発見されたとき、それより前に階段を通ったはずの私が、誰にも知らせなかったことがばれてしまう。ばばあにばれるだけならいいが、噂好きのばばあのことだ。きっと誰彼かまわず話すだろう。私が見て見ぬふりをしたと、マンションじゅうに知られてしまう。

情けない気分になった。やはり救急車を呼ぶしかないのか。女を助けないと決めたばかりなのに、さっそく方針転換しなくてはならないのか。

もし私が救急車を呼んで、それで命を取りとめたら、女はお礼を言いに来るだろう。病院に運び込まれて、何日か入院することになるかもしれないが、そのあと両親に連れられて、うちに訪ねてくるだろう。そして手土産を差し出して、あなたのおかげで助かりましたと頭を下げる。

女は私を馬鹿にしている。それでもお礼の言葉を述べるときには、形ばかりの笑顔を浮かべるのか。それとも本当は感謝などしていないことを示すように、仏頂面のまま頭を下げるのか。女がどんな態度を見せたとしても、私ははらわたが煮えくり返るだろう。

助けてなどやるものか。女のためには、絶対に救急車を呼んだりしない。ばばあのことは気になるが、きっと私が取り越し苦労をしているだけで、ばばあは私を見ていない。もし見ていたとしても一瞬のことだし、それが私かどうかまでわからなかったはずだ。

そのとき頭上で音がした。私は身を固くする。上の方の階で、また誰かが入ってきたのだ。すたすたと階段を降りてくる。さっきと同じ、スニーカーの足音だ。やがてドアのひらく音がして、何事もなかったように静まり返る。

どうやら同一人物らしい。歩調からすると、たぶん若い男だろう。さっき最上階から入ってきて、ひとつ下の17Fで出ていった。17Fで用が済んだら、階段を昇って18Fに戻っていきそうなものだが、今度もひとつ下の階に降りてきた。16Fにも知り合いがいるのだろうか。

だが、いまはそれどころではない。私は決断を下さなくてはならなかった。女を助けないということは、万一ばばあに噂を流されたとき、マンションじゅうの人々から白い目で見られるということだ。本当に、私にそこまでの覚悟があるのか。

思いがけず、いまの足音がヒントをくれた。もし階段室に入るところをばばあに目撃されていても、女を見殺しにしたという非難を免れる方法がある。私は1Fに行こうとしたのではなく、ひとつ下の11Fに降りただけということにするのだ。8Fまで来ていなければ、当然女を発見することもない。

私は階段を引き返すことにした。11Fで廊下に出て、そこからエレベーターで1Fに降りる。11Fにいたという既成事実を作るのだ。あえてそこまでする必要はないかもしれないが、実際に11Fに行っておけば、あとでばばあに訊かれたとき、胸を張って答えることができる。

とはいうものの、11Fまで昇るのは骨が折れる。この際エレベーターを使ってしまおうか。しかし運悪く、途中の階で乗ってくる人がいたら、私が別の階にいたことを知られてしまう。たとえ乗ってくる人がいなくても、エレベーター内の防犯カメラに写ってしまう。

仕方なく階段を昇りはじめた。あらためて女を呪ってやりたくなる。こんな大変な思いをするのも、すべてあのバカ女のせいなのだ。

しかし考えてみると、私には11Fに行く理由がなかった。そこに知り合いが住んでいるわけでも、入居者用の共用スペースがあるわけでもない。何をしに行ったのだと訊かれたら、どうにも答えようがなかった。

まあいい。先は長いし、階段を昇りながら考えよう。ちょっと好奇心を起こして、別の階をのぞいてみたことにしてもいい。

日頃の運動不足がたたって、一階分の階段を昇るだけで息が切れた。壁にもたれて一休みする。再び昇りはじめる気力を振り絞っていると、ふいに笑いが込み上げた。こんな苦労をするくらいなら、救急車を呼んだ方がどれほど楽かわからない。それでもあえて苦しい方を選ぶほど、私は女を憎んでいるのか。

突然、あることに気づいて愕然とする。もし女がこのまま死んでしまったら、私が階段から突き落としたと思われないか。このあと女が意識を取り戻して、自分の不注意で足を滑らせたと説明してくれればいい。でももし、このまま何も言わずに死んでしまったら、私が女を殺そうとして、うしろから突き飛ばしたと思われないか。悪くすると私は、小島のばばあに階段室に入るところを見られている。女を見殺しにしただけでなく、自ら手を下したと思われないか。

ばばあは警察に話すだろう。そうしたら私は、殺人の容疑者として取り調べを受けることになる。女が何時に家を出たのかわからないが、もし私と同じ二時ごろだったら、廊下で女を見かけた私が、女のあとを追って階段室に入ったと思われる。私が正直に、階段室に入ったのはばばあを避けるためだったと打ち明けても、はたして警察が信じてくれるか。ばばあは自分が嫌われているとは夢にも思わないだろうし、警察に尋ねられたら、私が作り話をしていると答えるだろう。

私には女を殺す動機がない。しかし今の世の中、理由もなしに人を殺すやつなど、ざらにいる。私は将来に何の見込みもないニートだし、鬱憤晴らしに女を突き落としたと思われる。どうせ警察の男たちも、私と女を見比べて、今風で可愛い女の子に、パッとしないブスが反感を抱いたと決めつけるのだ。

やはり救急車を呼ぶべきだろうか。人殺しの疑いをかけられるくらいなら、どんなに屈辱的でも、電話を一本かける方がマシだ。いまなら女も命を取りとめて、私に突き飛ばされたのではないと証言してくれるかもしれない。

しかし私が女を見つけてから、けっこう時間が経っている。いまだに意識を取り戻していないということは、すでに手遅れかもしれない。どうせ死んでしまうなら、私が救急車を呼ぶのは得策だろうか。警察は第一発見者を真っ先に疑うというではないか。

どうしたらいいかわからないまま、惰性で階段を昇りつづけた。11Fに着くころには、何か妙案が浮かぶだろうか。なんだか何もかも面倒くさくなってきて、いっそうちに帰ってしまいたい。

どのくらい昇っただろう。階段の途中で足をとめる。再び頭上でドアがひらいたのだ。スニーカーが一定のリズムで床を鳴らす。さっき17Fから16Fに降りてきたが、さらに下に降りてくる。

一体何者だろう。管理人の巡回か、それとも何かの点検か。このまま1Fまで、すべての階を見て回るつもりか。

私は息をひそめて足音を追った。おそらく今度も、ひとつ下の階に降りるだけだろう。しかしさっきよりだいぶ近い。足音が下に降りてきて、私が何階か上にあがったからだ。いま音を立てたら、たちまち気づかれてしまうだろう。

足音が一階分の階段を降りた。ドアのひらく、かちゃという音がした。やはり15Fで出ていくらしい。私は緊張を解いて、階段の続きを昇りはじめようとした。

突然、甲高い音が耳を打った。思わず声を上げそうになる。肩にかけたバッグの中で、私の携帯が鳴ったのだ。急いで取り出すが、着信音はコンクリートの壁に反響して、思いのほか大きく響いた。あたふたと切る。

息をつめて、階上の気配をうかがった。着信音は15Fまで届いただろう。ドアの閉まる音を聞いていないので、足音の主はまだ階段室にいる。ノブに手をかけたまま、聞き耳を立てているのかもしれない。

スニーカーの足音が響き渡った。さっきまでの歩調から一変して、一気に階段を駆け下りる。ここに来るつもりなのだ。

私は恐慌に陥った。つんのめるようにして階段を昇る。すでに直下の踊り場まで来ていたので、11Fは目の前だ。頭上に轟く足音に慄きながら、ドアに取りつき、まろび出る。

いまにも追いつかれそうな恐怖に駆られて、夢中で走った。エレベーターに辿り着き、叩くようにボタンを押す。あえぎながら振り返ると、長い廊下は無人だった。

男はまだ階段を降りているのか。ドアが閉まっていると足音は聞こえず、どのくらい迫っているのかわからない。エレベーターは四基あるものの、この時間帯は二基しか稼働していない。しかも一基は整備中だ。じりじりしながら到着を待った。すぐにも男が飛び出してきそうで、気が気ではない。

私が11Fにいると気づいているだろうか。着信音を聞いただけでは正確な階数までわからなかったはずだが、注意深い人物なら、私がドアをあけたとき、廊下から差し込む光を見ていただろう。

ようやくエレベーターがひらいた。そのとき階段室の方で音がした。ノブが回り、軋みとともにドアがひらく。私はエレベーターに飛び込み、「閉」のボタンを押した。

足音が11Fに入ってきた。間一髪だった。廊下から少し奥に引っ込んでいるので、エレベーターの扉が閉まるところは、おそらく男の目に入っていない。私の安堵を乗せて、箱はゆるやかに下降する。

考えてみれば、私が逃げる必要はなかったのだ。階段室にいるところを人に見られたくないとは思っていたが、すでに11Fに着いていたのだし、そこで追いつかれる分には問題なかった。もし男に尋ねられたら、いま12Fから降りてきたところだと答えればよかったのだ。しかしどこか凶暴さを感じさせる足音に、獲物を狩り立てるような勢いで追いかけられたら、恐ろしくなって、つい逃げ出してしまう。

たぶん男は誰かを捜しているのだろう。私の携帯の音を聞いて、そこにその人物がいると思ったのだ。あれだけ必死に追ってくるということは、どうしても逃がしたくない、切実な理由があるのだろう。

私は当然疑う。男が捜している相手とは、踊り場のあの女ではないだろうか。裸足になってまで階段を駆け下りていたようだし、男に追われていたとすると辻褄が合う。

何かトラブルがあったのだ。ふたりがどういう関係か知る由もないが、痴話げんかなら、他人が首を突っ込まない方がいい。やはり、救急車を呼んだりしなくて正解だった。

エレベーターが1Fに着いた。フロアに出て、扉が閉まるのを見守る。もし男が私を追ってくるつもりなら、すでに▽ボタンを押しているはずだ。しかし階数表示は1Fから動かない。まだ11Fで私を捜しているのだろう。

マンションの出口に向かう。いろいろあったので、家を出てからずいぶん時間が経ったような気がする。とんだ災難だった。

けたたましい音に飛び上がる。また着信音が鳴ったのだ。足をとめて携帯を取り出す。母からの電話の着信音は、本人の好きなJポップに設定してある。

「あ、まさみ？　さっき電話したんだけど」

「ごめん」

「いま、うち？」

「ううん。ちょっと出た」

「どこ行くの。すぐ帰るんでしょ？」

「レンタルショップに行くだけ」

「お米、忘れないでよ」

「そんなこと言って、こないだは忘れたじゃない。人の話、うわの空で聞いてんだから」

「忘れてないよ」

「ああ……」

「今朝頼んだでしょ? お母さん、ちょっと遅くなるから、ごはん炊いといてって」

「え?」

小言が始まった。相槌を打ちながら、適当に聞き流す。

「頼んだわよ。ずっとうちにいるんだから、言われたことくらい、ちゃんとやってね」

電話が切れた。ため息をついてバッグにしまう。再び歩き出そうとしたときだった。

「ねえ、あんた」

心臓が止まりそうになる。低い、ぶっきらぼうな声だった。

うしろに若い男が立っている。私が電話で話している間に、上の階から降りてきたのだ。肩のむこうで、エレベーターの扉が閉まる。

「ちょっと訊きたいんだけど」

がっしりした体格の、短髪の男だった。眉骨が高く、目つきが鋭い。片耳にピアスが光った。黒いTシャツを着て、カーゴパンツを穿いている。靴はスニーカーだった。

「あんた、このマンションの人?」

「そう……ですけど」

「いま、11階にいたろ」

言葉につまる。あの足音の男だ。逃げ切ったと思っていたが、私を捜して11Fをうろつくうちに、エレベーターが1Fに降りていることに気づいたのだ。

「11階から降りてきたんだろ?」

反射的に否定する。

「いえ」

男は疑わしそうに見下ろした。慌てて言う。

「私、いま外から帰ってきたところだから」

「ほんとか」

「あの……もういいですか」

男の横をすりぬける。帰ってきたところだと言ってしまったので、やむなくエレベーターに引き返す。

「ちょっと待てよ」

男を無視してボタンを押した。しかしエレベーターはひらかない。上で誰かが呼んだのだ。階数のランプが上がっていく。

男が背後に立った。

「誰かとすれちがわなかったか」

びくびくしながら振り返る。動揺が顔に出ていたはずだが、男は私の感情など、はなから興味がないようだった。

「エレベーターで降りてきたやつがいるだろ」

「え？」

「いま帰ってきたんなら、そいつとすれちがったはずだ」

「ええ……」

「すれちがったのか」

「ええ」

「どんなやつだ」

「私、電話してたから」

「女か」

「さあ……」

「そのくらい見てるだろ。女だったのか」

「ええ、たぶん」

「女だったんだな？」

男は出口に目をやった。女を追うかどうか迷っているらしい。私はランプを見た。エレベーターは10Fにいて、さらに上にあがっていく。

男が私に目を戻した。

「あんた、何階の人？」

「は？」

「何階に住んでるのか訊いてんだよ」

なぜそんなことを教えなくてはならないのか。言い渋っていると、男は苛立ちを露わにした。自分には、知る権利があると思っているらしい。

「あんたんちに乗り込もうってわけじゃねえ。いいから教えろ」

仕方なく答える。むろん、本当のことを言いはしない。

「5階ですけど……」

特に疑いを抱かなかったようだ。男は話を進める。

「5階に、坂井《さかい》って家あるか」

「坂井？」

なんだか聞き覚えのある名前だ。

「どうなんだよ」

「さあ……」

男の、狷介《けんかい》そうな顔が歪む。

「自分の住んでる階だろ？」

「でも、たくさん家があるし」

「おんなじ階に住んでるなら、名前くらい知ってるだろ」

「あんまり近所の人とつきあいがなくて」

「あんたは知らないんだな？」

「え、ええ」

男は舌打ちした。

「だったら最初からそう言えよ」

忌々しそうに睨みつける。しかし私を怯えさせても仕方ないと思ったのか、ひとつ息をついて怒りを鎮めた。

「坂井ともかって女、知らねえか」

「坂井ともか……」

ふと思い当たる。坂井ともか。それはあいつの名前だ。踊り場に倒れているバカ女
――

いつだったか、うちの母が言っていた。女の母親と廊下で立ち話したらしい。あそこんちのともかちゃん、このごろ夜遊びがひどいらしいわよ。いつも夜中に帰ってくるん

だけど、タクシー代を誰に払わせてるんだかわからないって、坂井さん、心配してたわ。

私はあらためて男を見た。この男が捜しているのは、やはりあの女だったのだ。しかしどういう関係だろう。普通に考えると彼氏だが、それなら女の家くらい、とっくに知っていそうなものだ。

「どうなんだよ。知ってるのか」

「いえ……」

「ほかの階でもいいけどよ。そういう女がこのマンションにいるだろ」

「さあ……」

別に女のプライバシーを守ってやるつもりはなかったが、関わり合いになりたくない一心で適当な返事をした。男の目が、すっと細くなる。

「髪の長い女だよ。痩せてて顔の小さい。ハデめの格好した」

私はエレベーターを盗み見た。最上階まで上がったあと、ようやく下に向かっている。乗り降りする人があるらしく、途中の階で引っかかった。

「見たことねえか」

「そんな人、たくさんいるし」

男は眉間に皺をよせた。射るように見る。

「あんた、いいかげんなこと言ってんじゃねえだろうな」

「え」

エレベーターが1Fに着いた。扉がひらき、にぎやかな笑い声が溢れ出す。それぞれの子供を連れた、若い母親たちだった。私と男の間を、ベビーカーが通り過ぎる。入れ違いに中に入った。男に向かって頭を下げる。すぐさま「閉」のボタンを押した。だが、扉は閉まらなかった。男が手で押さえたのだ。正面に立ちはだかる。

「ちょっと手伝ってくんねえ？」

「え……」

「おれ、このマンションのこと、よくわかんねえからさ」

「…………」

「あの女の家を見つけたいんだよ」

一緒に捜せというのか。どうして私がそんなことをしなくてはならないのか。しかし下手に逆らったら、男が逆上しそうだった。話をそらす。

「その人、あなたの知り合いなんですか」

「ああ」

「本人に訊くことはできないんですか」

男は苦々しい顔をした。

「あいつ、携帯の番号変えやがってよ」

「え？」

「おれを避けてんだよ」

ふてくされたように言う。

「迷惑ならそう言やいいのによ。もうかけてくるなって言われりゃ、おれだってしつこく電話したりしねえよ」

どうやら嫌われていたらしい。言葉とは裏腹に、よほどしつこくしたのだろう。現に、女の家を見つけようとしている。

「その人の友達に訊いたりできないんですか」

「無駄だよ。ばっくれるに決まってる」

「ここに住んでるのは間違いないんですか」

「当たり前だろ」

男の語気にひるむ。急に怒気を帯びた。

「このマンションに入るのを見たんだよ」

「え……」

「前にあいつ、家は葉光台《ようこうだい》だって言ってたんだ。だからおれ、ここ何日か葉光台の駅に通って、ずっと改札を見張ってた」

見張ってた？　葉光台に住んでいるからといって、葉光台駅を使うとは限らない。いつ現れるとも知れない女を、ひたすら待ちつづけていたというのか。

「だけど北口と南口があるしよ。同時に両方見張ることはできねえし、なにしろ人が多いしよ。こりゃさすがに無理かと思ってあきらめかけたけど、思い出したんだよ。あいつが十八階建てのマンションに住んでるって言ってたのを」

最初に見たときから気味の悪い男だと思っていたが、いよいよ嫌悪感が強くなる。かなりの粘着質かもしれない。

「名前は聞いてなかったけど、十八階建てのマンションて、この辺じゃここだけだろ。すぐわかったよ」

駅から見える距離に集合住宅群がある。葉光台レジデンスは、その中にひときわ高く聳えていた。わざわざ人に尋ねるまでもない。

「それでここまで来てよ。マンションの前に車とめて、ずっと入口を見張ってたんだ」

つまりこの男はストーカーなのだ。たぶんナンパか何かで、たまたま知り合ったのだろう。携帯の番号を交換し、何度かデートを重ねた。そのうちに女は、男が普通でないことに気づいたのだ。

携帯番号を変えたのが、本当に男を避けるためだったかわからない。女には別の事情があったのかもしれない。しかしこの男と縁を切ろうと思ったら、最低でもそのくらいのことは必要だろう。少し話しただけでも、あまり聞き分けのいいタイプでないとわかる。

エレベーターはもうずいぶん長いこと、1Fに止まったままになっている。もし上で待っている人がいたら、そろそろ不審に思いはじめているだろう。だが私には、男の話を遮ることはできなかった。

「ずっと車から見てたら、あいつがマンションから出てきた。やっぱりここに住んでやがったんだ。おれに気づいて、血相変えて引き返した。すぐに追っかけたけど、間に合わなくて、目の前でドアが閉まった」

「…………」

「ここ、オートロックじゃん？　あいつがエレベーターに乗ろうとしてるのは見えたけど、中に入りようがねえ。どうしようかと思ってたら、ちょうど宅配の兄ちゃんが来てよ。ドアがあいたから、あとについて入ったんだ」

それでは不法侵入だ。入居者として抗議したいが、口に出して言えるはずもない。男は手柄顔で話しつづける。

「エレベーターはもう閉まってたけど、おれ、ちゃんと見てたんだ。エレベーターが何階で止まるか、な。あいつは7階で降りた」

7階？　12階の自宅に逃げ帰ったのではないのか。

「だからおれも7階に行ったんだよ。あいつの家を見つけてやろうと思ってな。でも7

階にゃ、坂井なんてうちはなかった」

おそらく女は、エレベーターの行く先を見られていると気づいたのだ。男が家に押しかけてこないよう、あえて途中の7Fで降りた。そこから階段を使って、12Fに戻ろうとしたのだろう。

だが私の見たところ、女は階段を昇っているときでなく、降りているときに足を滑らせたようだった。12Fに戻ろうとしたのではなかったのか。しかし7Fと8Fの間に倒れていたのだから、いったん上に向かったのは間違いない。

「あいつ、おれが見てると知って、わざと別の階で降りたんだ。生意気におれをまこうとしたんだよ。だからおれ、頭に来てよ。こうなったらマンションじゅう捜してでも、あいつを見つけてやろうと思ってよ」

そのときの悔しさを思い出したのか、男の顔が険しくなる。いまにも怒りが爆発しそうで、どうにも生きた心地がしない。

「それでおれ、エレベーターでてっぺんまで上がってよ。一階一階、坂井って家を捜したんだ。すみからすみまで歩いてよ」

そうか。そういうことだったのか。一階ずつ階段を降りてくる足音の謎が解けた。

「16階くらいまで捜したけど、坂井なんてうちはなかった。防犯のためだか何だか知らねえけど、表札を出してねえうちも多いしよ。だんだんアホらしくなってきた」

男は独り言のように話しつづけていたが、思い出したように私を見た。愛想笑いのつもりか、口のはしを持ち上げる。

「ちょっと協力してほしいんだよ」

「でも……」

「あんた、ひまそうじゃん。どうせ家に帰るだけなんだろ？」

どう言って断ればいいのかわからなかった。急ぎの用があると言っても、耳を貸そうとしないだろう。

「誰かに訊いてみてくれよ、坂井って家がどこにあるか。あんたは知らなくても、あれだけ目立つ女だ。誰かしら知ってるだろ」

「………」

「おれがそんなこと訊いたら怪しまれる。でもあんたなら、ここの住人なんだし平気だろ？　知り合いに訊いてみてくれよ」

なぜそんなことをしなくてはならないのか。そう思うのは何度目だろう。しかし結局、言われたとおりにするしかないのかもしれなかった。男がそこをどかないかぎり、私は外に出ていくことも、12Fに戻ることもできない。

だが、マンションに知り合いなどいなかった。男に命じられても、誰に訊いたらいいかわからない。いっそ女の家を教えてしまおうかと思うが、私はもう、坂井ともかを知らないと言ってしまった。

「な？　頼むよ」

私はエントランスに目をやった。誰か入ってこないだろうか。エレベーターに乗ろうとする人があれば、男も扉から手を離し、私を解放してくれるかもしれない。しかしエントランスの二重扉はぴたりと閉じて、ガラスのむこうに無人の街路をのぞかせているだけだった。

男は返事を待っている。このさい正直に、私には知り合いがいないと言うしかなさそうだったが、そんな取ってつけたような理由で断ったら、何を言い出すかわからない。知り合いでなくてもいいから、とにかく誰かに訊いてこいと言うかもしれない。

頭がくらくらした。一体どうしたらいいのだろう。ただただ逃げ出したかった。しかしパニック寸前まで追いつめられたとき、ひとつの考えがひらめいた。

そんなに坂井ともかを見つけたいなら、この男に見つけさせてやればいい。男が第一発見者を引き受けてくれるなら、私がいやいや救急車を呼ぶ必要はないし、身に覚えのない殺人の容疑をかけられて、マンションの鼻つまみ者になる心配もない。

どうやって男をあの踊り場に誘導するか、その方法はまだ思いついていなかった。しかし男の顔に苛立ちがちらつきはじめたので、何かしら答えないではいられない。おそるおそる言う。

「実は私、まだ引っ越してきたばっかりで」

「ん？」

「このマンションに全然知り合いがいないんです」

それが何だ、という顔をする。

「だから、誰かに訊くことはできないけど」

「で？」

「一緒に捜します。その、坂井さんて人の家を」

男は沈黙した。私の申し出を吟味しているようだった。その間も私から目をそらさないので、いたたまれない気持ちになる。

男が、ずいと迫った。思わずあとずさる。エレベーターに入ってきたのだ。

「しかたねえ。ひとりで捜すより、なんぼかマシだろ」

扉が閉まる。男は15Fのボタンを押した。

「さっき16階まで捜したから、次は15階だ」

エレベーターが上昇していく。私は必死に頭を働かせて、踊り場に男をひとりで行かせる方法を考えた。しかし焦っているせいか、なかなかうまい口実が浮かばない。

やがて7Fを過ぎ、8Fを過ぎた。何も言い出せないまま、階数のランプを見つめる。

もうすぐ15Fに着こうというころ、ようやく考えがまとまった。

扉がひらいた。男に続いてフロアに出る。廊下を見回している背中に言った。

「あの、ふたりで同じ階を捜しても意味ないから」

「ん？」

「手分けして捜しませんか」

男は目で説明を促す。

「私がこの階から五階分――15階から11階まで捜すから、10階から下を捜してください。5階から下は、また私が捜すから」

男がどういう反応を示すか、まったく想像がつかなかった。どきどきしながら答えを待つ。失敗かと思いはじめたとき、ふいに結論が出た。

「たしかにその方が効率いいな。じゃ、そうするか」

男はエレベーターのボタンを押した。15Fにとどまっていたので、すぐにひらく。中に進んでこちらを向いた。私に手を差し出す。

「携帯をよこせ」

「は？」

「あんたの携帯を預かるよ。このままフケられたら困るからよ」

携帯には個人情報が詰まっている。自分の分身のようなものだ。おいそれと渡すわけにはいかない。

私の戸惑いを見て取ったのだろう。面倒そうに言う。

「中を見たりしねえから安心しろ。別に、あんたに興味ねえし」

仕方なく携帯を取り出す。あまり渋ると、逃げるつもりだったのかと疑われる。男は当然のように受け取り、バックポケットに押し込んだ。

扉を閉める前に言い残す。

「11階は捜さなくていいぞ。さっきおれが見たからよ」

「え？」

「あの女、さっき11階にいたんだよ。てっきり11階に家があるのかと思ったら、おれが捜してる間に、エレベーターで1階に降りた」

扉が閉まった。男の姿が見えなくなってほっとする。しかしまだ終わったわけではない。

男はこれから10Fに行く。10F、9Fと、あるはずのない坂井宅を捜したあと、8Fに行くため階段を降りる。8Fのドアのところで下を見れば、踊り場に倒れている女に気づくだろう。もしそのとき見過ごしても、8Fから7Fに行くときには、いやでも気づく。

女を発見したあと、どういう行動に出るだろう。自分で救急車を呼ぶか、それとも誰かに助けを求めるか。救急車を呼ぼうにも、男はマンションの住所を知らないので、もしかすると私を呼んで、かわりに通報させようとするかもしれない。

だが、そこまでつきあってやるつもりはなかった。男に言われて救急車を呼ぶくらいなら、こんなことになる前にそうしている。いつまでも言いなりになってはいられない。ことが済むまで隠れていよう。救急車が到着したころに出ていって、男に携帯を返してもらうのだ。女が発見されてしまえば、その時点で私は用済みだし、救急隊員が見ている前で、無理に引き止めようとはしないだろう。

私は階段室にひそんでいることにした。12Fの自宅に戻って、そこで救急車の到着を待ってもいいが、男が女を発見するまで、それほど長い時間はかからないだろう。階段室の中なら、足音で男の動きを追うこともできる。

廊下を進んだ。まっすぐ階段室に向かう。誰にも見られていないことを確かめてから、細くあけたドアの隙間に滑り込む。

ひんやりと冷たい階段に座っていると、やがて下の方でドアがひらいた。10Fの捜索を終えた男が、階段室に入ってきたのだ。私は全身を耳にする。足音は淡々と階段を降り、9Fのドアから出ていった。

次に階段室に入ってきたら、男はさらに一階下に向かう。そして8Fに着いたとき、いよいよ女を発見するだろう。私が緊張する理由はなかったが、だんだん落ち着かない気分になってくる。

考えてみれば、女はもともと男に発見されることになっていたのだ。男はすべての階を見て回るつもりでいたのだから、あのとき着信音が鳴らず、たまたま階段室にいただけの私を追ってこなければ、いまごろはもう女を見つけていたはずだ。一刻を争う容態だったとすると、女にとっても不運きわまりない。

男の執拗さを目の当たりにしていたので、いまの私にはよくわかった。なぜ女が階段で足を滑らせたのか。それはマンションの前で男を見つけて、ひどく取り乱していたからだ。恐怖で足がもつれたのだ。

だが、不可解な点もある。あえて7Fでエレベーターを降り、そこから階段を使って12Fに戻ろうとしていたはずなのに、なぜ途中で引き返したのだろう。自宅に戻るのをやめ、マンションの外に逃げようとしたのか。しかし男がまだエントランスにいたら、もろに鉢合わせしてしまう。

私はさっきの自分自身を思い出した。女を置き去りにして階段を昇っているとき、いきなり上の方でドアがあいて、その音に肝をつぶした。もし女が12Fに向かっているとき、同じことが起こったら――

女は男に見つかったと思うだろう。階段を昇っていることに気づかれ、先回りされたと思うだろう。もし誰かが階段室に入ってきても、それは単に、マンションの住人が別の階に移動しようとしただけかもしれない。しかし恐怖に取り憑かれ、すっかり平静を失った女は、そこまで考えが回らないだろう。

サンダルを脱いだのはそのときか。それとも階段を昇りはじめた時点で、すでに裸足になっていたのか。いずれにしろ、もはやなりふり構っていられないほど、男に異常性を感じていたのだ。

ふいに誰かが階段室に入ってきても、それがずっと上の階ならいい。男に見つかったのだとしても、多少は逃げる猶予があるからだ。でももし、女のいる場所のすぐ上でドアがひらいたら——。そのときの衝撃は並大抵ではないだろう。階段を踏み外すのも無理はない。

私はぎくりとした。ある可能性に気づいたのだ。レンタルショップに行こうとして家を出た私は、廊下で小島のばばあを見つけ、とっさに階段室に飛び込んだ。女がびくびくしながら階段を昇っているとき、いきなり誰かが駆け込んできたら——。しかもそれが、自分が逃げ込もうとしている12Fのドアだったら——

踊り場で女を見つけるまで、私は大音量でUKパンクを聴いていた。足を滑らせたとき、女は悲鳴を上げたかもしれないし、床に倒れたときには、当然大きな音がしただろう。しかしそれは、私の耳には届かなかった。

女が死にかけているのは、もしかして私のせい——

そのときドアが軋みを上げた。９Ｆにいる男が、階段室に入ってきたのだ。私は身を固くする。

足音が階段を降りていく。はたして女に気づくだろうか。それとも踊り場に目を向けぬまま、８Ｆのドアから出ていってしまうか。

女を見つけたら、男は私を捜しに来るかもしれない。もし階段を昇ってくるようなら、もっと上の階に行ってしまおう。私は15Ｆより下にいることになっている。

足音がやんだ。男が８Ｆに着いたのだ。私は耳をそばだてる。

無音の状態が続いた。男は女に気づかなかったのか。しかしドアがひらいた気配はないので、まだ階段室にいる。

私はそろそろと階段を降りた。状況がわからないままでは心細い。もう少し近づいてみることにする。

あいかわらず何の物音も聞こえない。さっき私がしたように、男は踊り場に降りたのか。女の鼻先に手を伸ばし、呼吸の有無を確認しているのか。

もしや逃げたのか。踊り場に女を残して、そのまま１Ｆに向かったのか。いくら馬鹿な男でも、女が足を滑らせたのは、そもそも自分がマンションに押しかけたせいだとわかるだろう。怖くなって逃げ出したのか。

それでは私の携帯はどうなるのだ。わざわざ置いていってくれるとは思えないし、このまま持ち去られてしまうのか。だがそれは困る。家族や友人のデータが入っているだけでなく、人に見られたくないメールも残っている。

足音を立てないように気をつけながら、私は9Fまで降りた。手すりの隙間に目をこらすが、踊り場は死角になって見通せない。ひとつ上の踊り場のかげから、床に横たわる女の足首がのぞいているだけだった。

これ以上の接近は危険を伴う。しかし何か手がかりがほしい。男が救急車を呼んでいるかもしれないという期待もあった。いっそう慎重に足を進める。9Fと8Fの間の踊り場を通り過ぎた。

階段の途中で下をのぞく。ようやく踊り場の全体が見えた。うしろ姿が佇んでいる。男は無言のまま、足もとの女を見下ろしていた。

何を考えているのだろう。瀕死の女を前にして、現実を受け止められずにいるのだろうか。それともこのあとどう動くか、善後策を練っているのか。

男が動いた。8Fに向かって階段を昇る。私は上の踊り場に逃げようとしたが、焦る気持ちに体がついていかず、その場で息をひそめた。

私に気づかないまま、廊下に出ていってしまうことを祈る。しかし無駄だった。もっと上の階にいるはずの私を捜しに行こうとしたのか、男は手すりを回った。階段に立つ私と目が合う。

意外そうな顔をした。

「そこにいたのか」

私は必死に動揺を隠した。はじめから男のところに行くつもりだったような顔をして、悠然と階段を降りる。男は降り口に引き返すと、下の踊り場を指さした。

「あれを見ろ」

男の横に立った。倒れている女を見て、驚いたふりをする。男がつぶやいた。

「死んでる」

「え?」

「あいつ、死んでる」

私は女を見つめた。最初に発見したときと、特に変わったところはない。男はちゃんと確認したのか。

「気を失ってるだけなんじゃ……」

「いや、死んでる。階段から落ちたんだな」

女は本当に死んだのか。あれきり目を覚ますことなく、誰にも知られぬまま死んだのか。私は呆然と立ち尽くす。今度こそ芝居ではなく、目を瞠って絶句した。あんなバカ女、いっそ死んでしまえと思ったが、まさか現実に死ぬことはないと、どこかで高をくくっていたのかもしれない。

あれほど女に執着していたのに、男はショックを受けているように見えなかった。いくぶん青ざめていたものの、狼狽したり、嘆き悲しんでいるようすはない。もっと気になることがほかにあるらしく、なんだかそわそわしている。

男はポケットの中のものを取り出した。私の携帯だった。あっさり返してもらえたことに驚く。だしぬけに言った。

「救急車を呼んでくれ」

「え？」

「救急車だよ。もう死んでるけど、このままにしとくわけにいかねえ」

私は慌てた。

「で、でも私、あの人のこと知らないし」

「坂井ともかだよ」

「………………」

「おれはここの住所知らねえからよ」

「葉光台レジデンスって言えばわかります」

「あんたが呼んでくれ」

「でも……」

「頼むよ」

「なんで私が……」

男の顔に苛立ちが走った。しかし私を説き伏せなくてはならないと思ったのか、あきらめたように言う。

「おれは救急車を呼べない」

「なぜ？」

「おれはあいつを追いかけてた。階段から落ちたのはおれのせいだ。下手したら、おれが突き落としたと思われる」

「そんな……」

「だからあんたが呼んでくれ。おれはもう行く」

「え」

「ここにいるわけにいかねえ」

男は言下に階段を降りはじめる。引き止めようにも言葉が出ない。焦っていると、急に振り返った。

「おれがここにいたって、誰にも言うな」

「え？」

「あんたがひとりであいつを見つけたことにするんだ」

降り口に引き返して、のしかかるように私を見下ろす。

「いいな。おれのことは誰にも言うんじゃねえ」

拒絶を許さない目だった。

「言ったらタダじゃおかねえ。おれは、あんたがここに住んでるって知ってんだからな」

「………」

「そうだ。念のために、あんたの名前を訊いとこうか」

私は怯えながらも、絶対に口をひらくまいとした。むろん名前を知られたくないという気持ちもあったが、もし教えたら、男がすべてを私に押しつけて逃げてしまう。もう厄介事はこりごりだった。

男がやれと言うなら、私にほかの選択肢はない。おとなしく救急車を呼ぶしかなかった。しかし男のことを言わずにいたら、私が女を突き落としたと思われる。男の報復は恐ろしかったが、やってもいない殺人の容疑をかけられるのは、なおさらごめんだった。

ふと思いついて言う。

「防犯カメラ……」

「ん？」

「エントランスに防犯カメラがあるし、エレベーターの中にもある」

男の顔色が変わった。

「あなたはもう写ってる。いなかったことにはできない」

「くそっ」

「だからあなたが救急車を呼んだ方がいい。その方がかえって怪しまれない」

言葉を失っている男にたたみかける。

「大丈夫。あなたが突き落としたんじゃないって、私が証言する」

「あんたが？」

「私は、あなたがあの人を捜してたのを知ってる。あなたが突き落としたんなら、捜したりするはずがない」

男は面白くなさそうに言った。

「そんなの何の役にも立たねえ。あいつを捜してるふりをしてたって言われるだけだ」

たしかにそうかもしれない。しかしそれならそれでいいではないか。私が疑われさえしなければ、男がどう思われようと知ったことではない。

男はもう逃げようとしていなかった。何か方策がないか、頭を絞っているようだ。だんだん表情が険しくなる。

「だけどおかしい」

「え？」

「あいつはさっき11階にいたんだ。おれが11階に行ったら、入れ違いに1階に降りた。

だからおれは、あいつを追って1階に行ったんだ。なのにあいつはここにいる」

「…………」

「あいつじゃないとしたら、あれは一体誰だったんだ」

私をぎろりと睨む。

「あんたも見たって言ったな。1階で女とすれちがったんだろ?」

「え、ええ」

「どんな女だった。あいつとは別人だったんだな?」

「電話しててよく見てなかったから」

「その女があいつに何かしたんだ」

「え」

「あいつを突き落としたのかもしれない」

「まさか……」

「きっとそうだ。その女がやったんだ」

「たまたま11階にいただけじゃ……」

「その女、おれから逃げようとしたんだよ。おれが階段にいたとき、下の方で携帯が鳴って、おれはともかくだと思って速攻で降りた。そしたらそいつ、慌てて階段から出てったんだ。ずっと気配を消してやがったのによ」

「…………」

「何もしてないなら、逃げる理由がねえ」

私は失敗を悟った。男に女を見つけさせることに気を取られ、女がマンションから出ていったことになっているのを忘れていた。いや、忘れてはいなかったが、女を見つけられさえすれば、男は些細な食い違いを気にしないだろうと思っていた。自分のうかつさに愕然とする。私は、女が死んでいる可能性を見落としていた。女の死を自分のせいだと思いたくない男は、もうひとりの存在——つまり私を、犯人と決めつけようとしている。

「あいつ、前に言ってたんだ。同じフロアに、気味の悪い女がいるって」

「え……」

「廊下ですれちがうと、あいつのこと、すげえ憎らしそうに見るって。ブサイクのくせにタメ張ろうとしてんのか、ねちっこい目で睨みつけるって。そのうち何かされそうで怖いって」

男は断言した。

「その女があいつを突き落としたんだ」

そのときだった。耳につく電子音が響き渡った。私の手の中の携帯だった。さっき渡すとき電源を切ったはずだが、男は中をのぞいたのか。とめる前に引ったくられる。

「この着信音……」

信じられないものを見るように私を見た。

「おまえか」

息が止まりそうだった。

「あのとき階段にいたのはおまえか」

男は携帯を切った。思わずあとずさる。

「あいつに何をした」

目を怒らせて迫ってくる。

「何をしたんだよ！」

私はすくみあがった。

「何も……」

「嘘をつけ。じゃあ階段で何をしてた」

「私じゃない……」

「いままでおれを騙してたんだな」

「………」

「濡れ衣を着せようとしてたのか。おれがあいつを突き落としたように見せかけるつもりだったのか」

違う、と言って首を振る。しかし男は聞いていなかった。刺すように睨みつける。身の危険を感じた。ここから逃げなくてはならない。腕を伸ばしてノブをつかむ。男が手のひらを叩きつけ、ひらきかけたドアを閉ざした。

「おまえは誰だ。あいつに何をした」

もう廊下には出られない。男を突きのけ、階段に向かう。手すりに手をかけようとしたとき、うしろから肩をつかまれた。悲鳴を上げるが、強い力で引き戻される。無我夢中で腕を振り回した。押さえ込もうとする男の手を払いのける。足を蹴り上げると、呻きを洩らした。

「このアマ――」

業を煮やしたのか、男は拳を固めた。肘を引いて力をためる。

顔面に衝撃を受けた。うしろの壁に叩きつけられる。ずるずると床にへたりこんだ。

男が近づく。私は壁に背中を押しつけた。

「おまえがやったんだな」

「…………」

「おまえがあいつを突き落としたんだ」

「違う……」

「最初に見たときから、気持ち悪い女だと思ってたんだよ」

男は私をどうするか思案している。蔑むように見下ろした。打ちつけられた肩が痛んで、とめどなく涙が溢れた。

どうしてこんなことになったのだろう。私はレンタルショップにDVDを返しに行こうとしただけだ。たまたま女を発見したに過ぎない。救急車を呼ばなかったことが、それほど重い罪だというのか。

たしかに私は女を置き去りにした。死んでしまえばいいと思った。それなら教えてほしい。もし私と女が逆の立場だったら、女は私を助けてくれたか。これからどこかへ遊びに行こうというとき、日頃から快く思っていない私のために、足をとめて救急車を呼んでくれたか。

誰も私のことなど気にかけない。ブスだニートだと馬鹿にしている。なぜこんなときだけ、自分たちのルールを押しつけるのか。もともと数に入っていない私なら、どう振る舞おうと勝手ではないか。

この男にしろ、私を道具としか思っていない。女を捜し出すために、いいように利用しただけだ。私を人とも思っていないくせに、人として間違っていると責めるのか。世の中に溢れ返る、人並みの悪意を抱いただけなのに、そもそも人でない私を、いまさら人として裁くのか。

男は舌打ちした。

「しかたねえ。警察を呼ぶか」

ポケットから自分の携帯を引っぱり出す。操作する前に私を一瞥《いちべつ》した。

「この、ブスが」

おなじみの罵倒だった。いまでは涙も流れない。何も求めず、誰にも期待せず生きてきたが、それでも現実が私を追いつめるなら、もう傷ついていないふりはやめる。

死んでしまえばいい。あの女もこの男も、この世から消えてしまえばいい。

私は声を上げた。

「生きてるわ」

「あ？」

男は指をとめた。私の視線を追って、踊り場に倒れている女を見る。

「あの人、生きてる……」

「なに？」

「いま、手が動いたの」

男が前に踏み出す。階段の際に立った。

私は壁を支えにして立ち上がった。息を殺し、男の背中に手を伸ばす。

死ね。死んでしまえ。私を傷つけるやつは、みんな死ね。

気配を感じたのか、男が振り返った。驚きに目を丸くする。バランスを崩してのけぞった。宙を掻いた手が、がっしりと私の肩をつかむ。男は階段に倒れ込んだ。私の足が床を離れる。そのあとは何もわからなくなった。とめようのない回転に巻き込まれ、全身を打った。声を上げるひまも、恐怖を感じる余裕もなかった。

気づいたとき、私は階段の下に倒れていた。肘をついて上体を起こす。肩や腰に痛みが走ったが、どうやら致命傷は免れたらしい。踊り場の女がクッションとなって、私を受け止めてくれていた。

ふと横を見る。男があおむけに倒れていた。口を半分ひらいたまま、ぼんやりと天井を見つめている。頭の下に血だまりが広がった。

階段室は静かだった。時間さえ止まっていた。空調か、あるいは空耳か、かすかな風の音が聞こえる。

さて、そろそろレンタルショップに行くとしよう。階段を見上げると、途中に私の携帯が落ちている。ほかに落とし物はないだろうか。私がここにいた痕跡を残すわけにはいかない。

男が女につきまとっていたことを、警察はすぐに突き止めるだろう。ふたりの死体が発見されても、ストーカーによる無理心中として処理されるはずだ。第三者の関与を疑う理由はない。

ただし、指紋は消しておいた方がいいだろう。最初に女に近づいたとき、階段の手すりに触ってしまった。入居者である私の指紋が残っていたところで、直ちに事件に関わった証拠とはならないが、念のためにハンカチで拭き取ることにする。

立ち上がろうとして気づいた。右足の膝から下が、奇妙な方向に曲がっている。骨が折れているらしい。あまり痛みを感じないのは、気が昂ぶっているせいか。

一体どうしたものだろう。この足ではレンタルショップまで歩けない。それどころか、階段室から出ることすらままならない。

ふいに小さな金属音がした。ドアのひらく音だった。上の方の階で、誰かが階段室に入ってきたのだ。

マンションの住人だろうか。足音が階段を降りてくる。ひとつ下の階に降りるだけか、それともここまで降りてくるのか。

私は立とうとした。しかし折れた足では踏ん張りがきかず、腰を浮かせるのがやっとだった。気持ちばかりが焦る。

ここにいたことを知られるわけにはいかない。男を突き落としたとばれてしまう。何とかして立ち上がろうともがいた。

足音が刻々と近づく。頭の中でこだました。鼓動が高まって息が苦しい。

ふと我に返った。私は何を怯えているのだろう。なぜこんなに震えているのか。もう恐れることをやめたはずだ。

たしかに男は死んでいる。しかし私が突き落とした証拠はない。降り口で揉み合ううちに、足を踏み外したことにすればいい。

なぜ男と揉み合っていたか。それを説明するとなると、すべてを打ち明ける必要に迫られる。私が女を見殺しにしたことも、あらいざらい話さなくてはならない。

事実を知ったら、父と母はどう思うだろう。とうとう私に愛想を尽かすのか。そんなふうに育てた覚えはないと、怒り、泣き崩れるのか。

マンションの住人たちは白い目で見るだろう。ブスやニートどころではない、辛辣な侮蔑を浴びせるだろう。両親ともども、マンションから追い出そうとするかもしれない。

だが、それが何だというのだ。私は自分に何ができるか知っている。もう何も恐れない。かわりに、人々が私を恐れるといい。

足音がさらに近づく。途中の階で出ていく気配はない。ひょっとして、さっきの私の悲鳴を聞きつけたのか。

きっと踊り場の光景に驚くだろう。何が起きたか、想像もつかないに違いない。しばらく立ち尽くしたあと、私に説明を求める。

あえて真実を語る必要はない。知られたところで構わないが、女を見殺しにしたことは黙っておこう。見知らぬ男に強要され、一緒に女を捜すことになったと言えばいい。

私が潔白に見えるストーリーをでっち上げるのだ。うまく騙しおおせるか、自分を試してみることにする。同じことを警察に訊かれたときの予行演習だ。

足音が頭上を通り過ぎた。踊り場で折り返して、さらに下に降りてくる。私はふたつの死体の間に座って、おそらく初めて言葉を交わす人の到着を待った。

悲痛な顔を作る前に、そっと微笑《ほほえ》む。

私のために、救急車を呼んでもらおう。

本書は二〇一七年五月に小社より刊行された『三つの悪夢と階段室の女王』を改題し、加筆修正したものです。

双葉文庫

ま-27-01

悪意《あくい》

2023年2月18日　第1刷発行

【著者】
増田忠則《ますだただのり》

【発行者】
箕浦克史
【発行所】
株式会社双葉社
〒162-8540 東京都新宿区東五軒町3番28号
［電話］03-5261-4818（営業部）　03-5261-4831（編集部）
www.futabasha.co.jp（双葉社の書籍・コミックが買えます）
【印刷所】
大日本印刷株式会社
【製本所】
大日本印刷株式会社
【カバー印刷】
株式会社久栄社
【DTP】
株式会社ビーワークス

【フォーマット・デザイン】
日下潤一

ISBN978-4-575-52637-0 C0193
Printed in Japan